VÉRONIQUE SELS

W0414929

LE LIVRE DES POSSIBLES

GENÈSE
ÉDITION

La littérature s'efforçait d'ouvrir l'univers, d'augmenter, ne serait-ce que légèrement, la somme de ce que les êtres humains étaient capables de percevoir, de comprendre, et donc, en définitive, d'être.

Salman Rushdie

JANVIER 1943

- 1 -

Ces derniers mois, voyager est devenu un casse-tête pour les uns, un aller simple vers l'enfer pour les autres. De Chambéry au lac Léman, les postes-frontières sont occupés par les unités de la Wehrmacht. Dans la région, les unités italiennes se multiplient. Le groupe *Alpini Valle* installe son PC à Bourg-Saint-Maurice et se fixe à Sallanches. Des détachements sont envoyés à Annemasse, Thonon, Annecy. Le bataillon *Monte Rosa* et ses skieurs remplacent les bataillons allemands aux postes-frontières franco-suisses. En janvier 1943, commandés par le colonel Brozetti depuis Annemasse, quatre cents douaniers transalpins remplacent les six cents douaniers allemands en poste. Et Justine monte dans un train.

Justine est étudiante en première année de physique à l'université de Grenoble et rentre passer quelques jours chez ses parents à Annecy. Dans son compartiment, deux jeunes filles blotties dans leur manteau d'hiver distribuent des sourires à un groupe de soldats italiens resté sur le quai. Justine n'est pas tranquille. Lors d'un précédent voyage, elle a assisté à une arrestation brutale. Son train traversait le massif de la Chartreuse quand des policiers armés ont procédé à un contrôle d'identité musclé. Ils se sont arrêtés à hauteur de son compartiment, ont adressé un « Police nationale » presque affable à la cantonade, mais il est rapidement apparu que l'homme élégant dans la trentaine et sa femme, assis côté fenêtre, étaient les cibles de cette démarche qui n'avait de routinières que les apparences. L'homme a récupéré son portefeuille dans la poche intérieure de sa veste. Il a conservé la main sous l'étoffe un peu trop longtemps comme si celle-ci se trouvait coincée dans la doublure. Il a finalement tendu deux cartes d'identité aux policiers. Très pâle, la femme ne montrait aucun signe de nervosité. Le couple a été arraché à la banquette et s'est à peine défendu, mettant un point d'honneur à déranger le moins possible. Justine souffrait dans ses chairs, se demandait comment son frère aurait agi à sa place. Une fois dans le couloir, l'homme a exigé des explications. Ses protestations se sont perdues dans les ordres des policiers et le bruit des essieux. Depuis, chaque fois que Justine est assise dans un train, c'est sa honte qu'elle regarde par la fenêtre. Maintenant que le régime de Vichy mène la danse, à la maison, on parle à demi-mot. Son père s'absente sans préciser où il va. Il rentre préoccupé, s'enferme de longues heures dans son bureau avec l'une ou l'autre de ses connaissances. Quand Justine lui pose des questions, il lui enjoint de rester concentrée sur ses études, de ne pas se mêler de ses affaires. Elle a beau savoir qu'il dit ça pour son bien, elle se sent exclue et souffre de cette prudence familiale à son égard. Elle veut contribuer. Pourquoi son frère serait-il capable et pas elle ?

Le train s'est mis en marche et les deux demoiselles se sont assoupies. Leur rouge à lèvres transpire. Elles rêvent d'une fellation franco-italienne. Justine n'a pas sommeil, c'est même tout l'inverse : elle a besoin de se dégourdir les jambes, de respirer un autre air, d'effectuer quelques allées et venues dans le couloir pour chasser les fourmis. Le couloir est désert à l'exception de deux ouvriers qui discutent dans un épais nuage de tabac. Elle marche dans leur direction, leur adresse un signe de tête poli. Ils s'écartent et lui laissent le passage. L'un d'eux est emporté par une quinte de toux. Elle poursuit son chemin. Le train accompagne ses mouvements. Les essieux semblent lui donner raison de s'enhardir, la poussent toujours plus loin. Un rugissement métallique se fait entendre dans la zone charnière entre les wagons. Avance, avance, murmurent les fourmis dans ses jambes. Elle survit à la zone tampon et son vacarme. D'où elle se trouve à présent (sur la plateforme qui précède le prochain compartiment) elle aperçoit la porte du cabinet de toilette qui, mal refermée, produit des claquements rapides et secs. Avance, avance, va refermer la porte. Elle pose la main sur la poignée, entre et réprime un cri. Dans une atmosphère saturée d'ammoniac, un landau est posé sur le couvercle refermé des w.c. Un bébé dort sous une couverture en tricot de couleur vieux rose. Justine distingue son visage, des traits doux et paisibles. Elle verrouille la porte de l'intérieur, se penche sur l'enfant, place un index sous ses narines et récolte son souffle de moineau. Elle doit se mordre la main pour ne pas hurler : « J'ai trouvé un bébé ! Il vit ! » Elle cherche une explication dans la cabine, puis à l'intérieur du couffin, soulève prudemment la couverture et trouve une paire de chaussons d'un blanc immaculé, un biberon en verre surmonté d'une tête en caoutchouc de bonne qualité et, dépassant légèrement de sous l'oreiller sur lequel repose la tête de l'enfant, un livre à la couverture en cuir marron clair. Un court instant, elle est tentée de rejoindre son compartiment, de laisser à d'autres le soin de traiter le problème, mais tout l'espoir du monde semble s'être donné rendez-vous dans ce landau. Quelqu'un a pris le risque de le laisser là. Peut-être sa maman est-elle simplement partie récupérer des affaires et va-t-elle revenir d'un instant à l'autre ? Justine préfère attendre un peu, prendre le temps de la réflexion, surveiller le landau quitte à être accusée de vol ou d'enlèvement d'enfant. Une personne moins bien intentionnée pourrait prendre sa place, sans compter qu'à cet âge un nourrisson peut s'asphyxier en dormant, son cœur, cesser de battre et mille choses encore. Pour l'avoir laissé en si mauvaise posture, sa mère devait avoir une raison impérieuse. Rien ne dit qu'elle reviendra. Elle a peut-être été arrêtée et si ça se trouve, ce n'est peut-être pas une mais un adulte qui l'a abandonné dans cet endroit. Appeler à l'aide un médecin reviendrait à rameuter le train entier et à faire de l'innocent et fragile petit être une affaire collective. Non, Justine ne peut se résigner à laisser ce bébé seul. Une passagère plus mûre, plus expérimentée pourrait s'en occuper mais comment la reconnaître ? Comment savoir si elle tiendra ses engagements ? Tandis qu'elle égrène les possibles, on cogne à la porte. On ordonne en allemand. Sans réfléchir (ou alors si vite que la pensée n'a pas le temps de se fixer), elle déboutonne son manteau, fait de même avec son chemisier, s'empare de l'enfant et le colle contre sa poitrine. Puis, les pupilles dilatées par l'adrénaline, elle déverrouille la porte et sourit aux soldats.

L'apparition inattendue d'un téton d'une délicatesse infinie plonge les deux jeunes recrues dans le trouble. Ce sont de simples fantassins. Ils ont un ou deux ans de moins que Justine et lui donneraient volontiers leur semence si seulement ils avaient un tant soit peu d'expérience en la matière. En pâmoison devant la transparence diaphane de sa peau, la parfaite architecture de son sein, son buste qui se soulève et tempête, ils ne s'occupent pas de l'enfant, s'esclaffent de leur pioche miraculeuse, se voient déjà raconter à leur garnison comment une très jeune madone de la société des chemins de fer français a ensoleillé leur journée. Justine leur tend sa carte d'identité et son titre de transport. Contre son épiderme, le bébé s'agite. Elle a l'impression de noyer un chaton. Elle craint qu'il ne se mette à pleurer dans une langue étrangère, qu'il ne brise le charme momentané et ne conduise les soldats à lui réclamer des explications, à inspecter le landau à la recherche de toute chose pouvant compromettre la vie de l'enfant et par la même occasion, la sienne. Bien qu'une paire de chaussons, un biberon et un livre ne constituent pas *a priori* des pièces à conviction suffisantes pour justifier une arrestation, elle veut éviter leurs questions. Tout est allé trop vite. Elle se sent impréparée dans son rôle de mère. Et si le livre contient des idées politiques dans une langue qui lui est inconnue ? Le bout de livre qu'elle a aperçu ne lui a rien appris. Il pourrait être écrit en anglais, en polonais ou en tchèque. Pour peu que les soldats soient de genre pointilleux, Justine se trouverait dans un sacré pétrin, à devoir se justifier quant aux raisons de son voyage. Elle devrait parler d'un livre qu'elle n'a pas lu et éteindre leur nature suspicieuse par de nouvelles ruses.

L'enfant n'émet aucun son. On dirait qu'il mesure l'enjeu, devine les forces en présence. Les soldats rendent ses papiers à Justine et s'éloignent. Elle referme la porte. Le petit est trempé. Elle le repose délicatement dans le couffin et le déshabille. Son entrejambe est rouge et irrité. Le sexe est celui d'une petite fille. Justine cherche un mouchoir, un morceau de tissus, toute chose susceptible de servir de lange. Elle ôte finalement son chemisier et fabrique une couche de fortune qu'elle noue autour de la taille minuscule du bébé. Elle renfile son manteau jusqu'au bouton supérieur du col. Elle ne se rappelle pas avoir eu aussi froid de toute sa vie. Et maintenant ? Maintenant, je fais quoi ? se demande-t-elle. Elle a quitté son compartiment en étudiante et ne peut décemment y retourner en fille-mère fraîchement sortie de la maternité. Elle s'assied sur le couvercle rabattu du W.C., le couffin posé sur les genoux, prie sans marquer de préférence pour un dieu ou une religion, prie simplement pour que personne ne réclame l'usage des toilettes avant l'arrivée en gare d'Aix-les-Bains. À Aix, quatre minutes d'arrêt devraient suffire à descendre du train sans paraître anormalement pressée. Ensuite, elle marchera tête baissée, s'efforcera d'échapper aux mâchoires de l'armée et de l'administration, qui à présent ont une fâcheuse tendance à se confondre. Elle cherchera le moyen de joindre ses parents au téléphone et leur demandera de venir la récupérer.

Elle se réfugie dans le premier café à proximité de la gare. Il n'y a pas si longtemps, lorsqu'une jeune mère entrait dans un établissement, on lui tenait la porte, on savait recevoir. Elle pouvait espérer boire sa limonade jusqu'au bout sans être importunée par un sifflet ou un commentaire graveleux. Ces derniers temps, on ne regarde plus les femmes ni avec courtoisie ni avec concupiscence mais par devoir national. On pèse et on soupèse les opportunités. La gratuité des échanges s'est envolée à l'arrivée des Boches. Toutes les filles sont devenues des proies. Le landau à bout de bras, Justine rejoint d'un pas preste la cabine téléphonique à gauche du comptoir. Elle dépose le couffin sur le sol, décroche le combiné et confie le numéro de ses parents à la standardiste. Sa requête se perd dans la grande banquise des télécommunications. La mise en relation reste sonnerie morte. La demoiselle des téléphones s'en excuse. Confuse, Justine retourne dans la salle et cherche une table où s'installer avec l'enfant. Assis dans un coin, un étudiant est penché sur ses notes. Il mâchonne le cul d'un crayon, indifférent au vacarme ambiant. Avec la même irréflexion qui, un peu plus tôt, l'a poussée à coller l'enfant contre sa poitrine nue, Justine s'assoie à sa table, saisit le verre de panaché du garçon et l'avale d'un trait, mettant le jeune homme devant le fait accompli. Avant qu'il ne trouve la riposte, elle lève le bras en direction du serveur et commande du lait chaud et du sucre pour l'enfant.

– La petite a de la fièvre, on ferait mieux de rentrer, dit-elle.

– Je crois que vous faites erreur, répond-il stupéfait.

Fiable. Où est-elle allée chercher ce mot ? Comment distingue-t-on les personnes fiables des autres ? Elle ne croit pas à cette légende qui voudrait que les gens honnêtes vous regardent droit dans les yeux. Tout ça, ce sont des foutaises. Les agents de la Gestapo aussi regardent leur victime, droit dans les yeux. Allons, allons, Justine, calme-toi, ce garçon n'est pas un agent de la Gestapo, il potasse les mêmes cours que toi, il étudie la physique. Elle s'accroche aux équations sur la table, croit reconnaître un manuel de mathématiques, s'efforce de rester crédible dans son rôle de jeune maman désemparée, extrait du couffin chaussons et biberon, enfile les premiers et remplit le second du lait tiède que le serveur lui apporte. Elle transvase le lait sans trembler et dans un effroi égal à celui éprouvé devant les jeunes soldats, elle prend l'enfant dans ses bras, caresse sa bouche avec l'embout de la tétine, n'obtenant de sa part aucune réaction, craignant à chaque seconde que la petite ne se mette à hurler et ne devienne incontrôlable. Par chance, rien de tel ne se produit. L'enfant semble comprendre la situation et au bout d'un temps interminable pour Justine mais en réalité très court, elle consent à ouvrir la bouche, absorbe l'embout de la tétine et aspire le liquide avec l'avidité d'un chevalet de pompage sur un puits de pétrole.

Le jeune homme a remarqué le livre dans le couffin.

– Je peux ?

Simple curiosité. Réflexe d'étudiant. Moyen à peine dissimulé d'évaluer l'étrangère venue s'asseoir à l'impromptu à sa table pendant qu'il révisait ses cours, et dont le comportement reste incompréhensible. Il se doute bien qu'elle n'est pas venue s'asseoir là par hasard, qu'elle a l'intention de lui demander un service. Elle a payé tout de suite le lait qu'elle a commandé pour l'enfant, ce n'est peut-être pas l'argent qu'il l'amène mais avant d'aller plus loin, avant de décider s'il consent à jouer le jeu, à lui prodiguer un service en échange d'il ne sait encore quoi, il aimerait la connaître un peu mieux. Ce livre est l'occasion. Au premier coup d'œil, il s'agit d'un roman. Tant mieux. Les pièces de théâtre ont mauvaise presse en ce moment et un essai politique l'aurait placé dans une situation embarrassante. Il est léger. Fermé, il a la taille d'une main. Enfin, de la sienne qui est grande, charpentée, ouvrière. Les première et quatrième de couverture sont aveugles à l'exception d'un petit raton laveur imprimé en repoussé dans le cuir marron clair en bas de page. Il inspecte la tranche. Le titre est amusant. Sans doute un de ces romans écrits pour distraire les jeunes filles, lecture inoffensive, le voilà rassuré. La graisse des caractères rend la lecture aisée, les pages (deux cents à peine) ne comptent guère plus de vingt-cinq lignes chacune. Il consulte les dernières pages et lit *Imprimé en Suisse – Printed in Switzerland.* Cette petite découverte le tranquillise :

– Expliquez-moi ce qui se passe.

Et elle répond :

– Pas ici. Chez vous.

Il habite un entresol équipé d'un petit poêle à bois et d'un lavabo. Le mobilier se résume à une table, une chaise, un grand fauteuil cabossé et un matelas posé sur un socle de fortune. Contre un des murs, des livres sont empilés par dizaines. Ils ont été mis là pour absorber l'humidité du mur. Dire que l'endroit n'est pas conçu pour accueillir un nouveau-né est un euphémisme. Mais elle a insisté avec tant de conviction, il s'est noyé si facilement dans ses iris noisette criblés de petites cartouches noires qu'il a fini par lui consentir quelques heures de répit. Il est désolé d'insister mais le bébé a une odeur atroce. Elle serait bien inspirée de le laver. Il va chauffer de l'eau et monter chercher des serviettes propres chez sa propriétaire. Au fait, son nom est Leonardo Minelli. Mais Leo fera l'affaire. Il étudie à l'université Savoie Mont-Blanc à Chambéry.

Tandis qu'elle entreprend de laver l'enfant, découvrant sa maigreur et ses escarres, il s'étonne de voir la petite aussi mal en point et suggère de l'emmener chez un docteur au plus vite. Sans réponse, il insiste :

– Il faut vraiment qu'un médecin l'examine.

– C'est hors de question.

– Pourquoi ?

– Si je vous le dis, promettez-moi de ne pas me mettre à la porte.

À mesure qu'elle lui explique les circonstances dans lesquelles elle a découvert l'enfant, son visage à lui se décompose.

– Vous auriez fait quoi à ma place ?

– Je l'aurais signalée aux agents des chemins de fer. Ils n'éliminent pas les nourrissons, à ce que je sache.

– Ah non ? Qu'en savez-vous ?

– Vous ne pouvez pas rester ici.

– Quand je suis entrée dans ce café, j'ai vraiment cru m'adresser à la bonne personne.

– Eh bien, vous vous êtes trompée.

Elle déboutonne son manteau et dévoile une gorge blanche et nue, colle l'enfant contre son sein. Ça a fonctionné avec les Boches, elle espère que ça fonctionnera avec le matheux. Confondu par l'éclat préraphaélite de sa carnation, il consent à aller acheter du lait pendant qu'elle ira avec la petite téléphoner dans les bureaux de la poste. Il la prévient : il est hors de question qu'il l'héberge. Si elle n'a pas d'argent, il lui prêtera de quoi dormir une nuit à hôtel. Elle se débrouillera pour le rembourser. Il n'est qu'un humble boursier. Ou alors, une nuit et une seule, concède-t-il non sans éprouver un léger vertige. Elle dormira dans le fauteuil.

Demain matin, elle s'en ira. D'ici là, elle se tiendra loin de lui avec le bébé. Il a des cours à réviser. Contrairement à elle, dont l'inconséquence et l'immaturité soulignent les origines bourgeoises, il est fils d'ouvrier. Il ne sacrifiera pas ses études sur l'autel d'un rêve capricieux.

Ils dorment finalement à trois pour limiter les dépenses de chauffage et s'éveillent bien avant l'aube. Leo se prépare à partir à l'université. Elle lui dit au revoir, le remercie de son hospitalité. Elle lui enverra de l'argent. Pour le lait. Le visage de la petite est livide et fripé, plus proche du chat sphynx que de la créature humaine. Justine a beau la caresser, la frictionner, l'enfant se racrapote. Et ce silence... Est-elle muette ? L'aurait-on droguée ou surmédicamentée ? Dès qu'ouvrira le bureau de poste, elle ira téléphoner, enverra un télégramme si nécessaire. La ligne est forcément en dérangement. Cet après-midi, ce soir au plus tard, elle sera chez elle à Annecy. Sa mère lui enseignera les gestes justes. Son père mettra son intelligence et ses réseaux au service de l'enfant trouvé. Son frère lui reconnaîtra enfin un courage que jusque-là il se réservait. Ensemble ils sauront prendre les bonnes décisions, l'important est de ne pas craquer d'ici là, de conserver la tête claire, d'employer, sans faillir, les heures qui la séparent du cocon familial.

Leo a laissé une tranche de pain et de la chicorée à son intention mais elle est incapable d'avaler quoi que ce soit. La petite dort et dès qu'elle ouvrira les yeux, il faudra lui prodiguer l'attention qu'elle réclame, la changer, la nourrir, la réconforter. Tout est silencieux. Tout, sauf le livre qu'hier dans la précipitation elle a replacé sous l'oreiller dans le landau, ignorant qu'elle répéterait ce geste un nombre considérable de fois, qu'il deviendrait avec le temps une sorte de rituel. Il lui tarde de l'avoir en main, de le consulter cette fois sans être observée, d'y trouver sinon des réponses claires, au moins les premiers éléments d'une marche à suivre. Comment mieux savoir qui est cette enfant qu'en examinant ce livre laissé probablement dans le landau à dessein ?

Justine glisse la main sous l'oreiller, en sort le livre délicatement. La petite sursaute, exprimant un profond soupir (un soupir d'adulte) et se rendort, rendant l'ouvrage un peu plus énigmatique.

C'est à la fois un soulagement et une déception. Un soulagement parce que le texte est amusant. Une déception, car nous sommes plus proches du conte que du récit. Des personnages farfelus, à qui il pousse des ailes, apprennent à voler et se cassent la figure. Elle aurait préféré un texte plus consistant, un de ces textes puissamment réalistes écrits par un génie de la littérature russe, qui aurait donné à sa mission de sauvetage un supplément d'envergure. Elle cherche le cachet d'une librairie, un ex-libris, une note à la marge, une phrase soulignée, toute chose pouvant la renseigner sur les parents de l'enfant.

La petite se réveille. Elle la prend contre son sein sans se départir du livre. Elle choisit une page au hasard et lit à voix haute. Au début la sonorité des mots lui semble incongrue dans cet entresol avare de lumière. Elle ne cherche pas à comprendre le texte, le déclame simplement. Les sons naissent à hauteur des cordes vocales, les syllabes sont sculptées par sa langue et son palais. Le texte se déroule. Il réchauffe la pièce. Il repousse les murs. C'est extraordinaire, cette façon qu'ont les mots d'agrandir l'espace. Le plus extraordinaire n'est pas l'effet qu'ils produisent sur elle mais sur l'enfant. Elle a ouvert les yeux, comme appelée par un intérêt supérieur. Dans le récit pris en marche, il est question d'anges révoltés contre les dieux. Si l'on compte bien, elles ne sont désormais plus deux dans cet entresol lugubre mais plusieurs dizaines avec les anges qui volettent au-dessus de leurs têtes et les dieux retranchés derrière le poêle éteint.

Dans la mesure où Justine devrait rapidement disparaître de son existence, Leo n'a aucune raison de s'angoisser. D'un autre côté, son apparition inattendue l'a arraché à la monotonie de son existence et a réveillé quelque chose en lui, il ignore encore quoi. Il s'en veut de s'être montré aussi méfiant à son égard, de lui avoir imposé une échéance aussi courte, ce n'est pas ce qu'on lui a appris. Dans sa famille l'hospitalité est la première des vertus.

À son retour de l'université, il se désole de trouver une lettre de remerciements dans laquelle elle l'informe de son départ sans lui témoigner une once d'intimité. Elle n'est pas parvenue à joindre ses parents mais leur ligne téléphonique doit être en dérangement. Elle a oublié son petit calepin dans sa chambre d'étudiante à Grenoble, calepin dans lequel se trouvent les numéros utiles, celui de la concierge, ceux des proches et des amis. Une vraie tête de linotte. Tout bien considéré, elle pense se débrouiller seule et prendra le train du soir pour Annecy. Elle le remercie encore une fois, conclut sa lettre d'un ironique *J'espère ne pas avoir compromis votre avenir.*

Il tente de chasser ses remords par l'étude, se penche sur une équation, reprend une vie exigeante et modeste d'étudiant boursier, encore compliquée par la guerre, les barrages routiers, les contrôles d'identité et les rationnements. Il ambitionne de devenir ingénieur des Ponts et Chaussées. Il porte sur les épaules une responsabilité plus lourde que les Dolomites. Ses parents, originaires des Pouilles, ont tout misé sur lui et ses facultés intellectuelles. Son père, enrôlé dans les mines de fer du côté d'Allevard, a travaillé comme un chien pour assumer les frais que sa bourse ne suffit pas à couvrir.

Leo sort, dévasté, à la nuit tombée. Il la cherche dans la

gare et aux alentours et la retrouve assise dans le café où vingt-quatre heures plus tôt elle a posé le couffin sur ses notes. Elle a une mine effroyable, cireuse, bleutée : la couleur de la peur.

– Venez, dit-il, vous n'avez pas à vous en faire, vous resterez chez moi aussi longtemps qu'il le faudra.

Elle ne peut réprimer un sarcastique *Pardon, on se connaît ?*

Il s'enquiert de la santé de l'enfant, soulève la couverture pour mieux la contempler quand entre dans l'établissement un groupe de jeunes soldats le rappelant à la réalité.

Il serait présomptueux de qualifier leur deuxième nuit de décisive, mais quelque chose se passe à coup sûr. L'attirance que Leo éprouve envers Justine se cristallise et prend le pas sur toute autre considération. Au moment où il s'y attend le moins, Justine lui cale l'enfant dans les bras et passe au tutoiement, l'obligeant à la réciprocité. On peut dire que durant cette deuxième nuit, les problèmes de Justine deviennent aussi les siens. Il ne fait plus la différence entre son désir et son désir d'aider. Il partage l'inquiétude de Justine devant une tonalité téléphonique en pointillé. Il se sent responsable du devenir de l'enfant. Ils ont une conversation à propos du livre. Il lui fait remarquer que l'ouvrage a été imprimé en Suisse et qu'il serait judicieux de chercher de ce côté. Elle lui raconte la séance de lecture à voix haute durant laquelle le nourrisson a subitement ouvert les yeux.

– Le livre n'y est pour rien. C'est ta voix. Même un loup enragé ferait queue basse en t'écoutant.

Et pour la première fois, elle rit.

– Tu te trompes. La petite a réagi au texte. Elle semble le comprendre.

– Ne dis pas de sottises.

– Je t'assure.

– Chante-lui une berceuse et tu obtiendras le même

résultat.

– Non, je ne suis pas d'accord. Je lui ai murmuré toutes sortes de gentillesses et à aucun moment elle ne s'est comportée de cette façon. Lorsque j'ai commencé à lui lire ce livre, c'était... comment dire... comme si subitement elle m'entendait... elle semblait reconnaître le texte... ne te moque pas... elle semblait l'avoir entendu des centaines de fois...

– Admettons. Ça ne va pas nous aider à retrouver ses parents. Et il parle de quoi, ce livre ?

– De grosses dindes à tête humaine qui cherchent désespérément à s'envoler.

– En le feuilletant, j'ai cru que c'était une romance à l'eau de rose adressée aux jeunes filles de bonne éducation. *Marie-Thérèse va entrer au couvent. Elle est éperdument amoureuse de Félicien qui doit partir au front.*

Justine rit à nouveau mais se reprend. On ne rit pas aux dépens des appelés, surtout en ce moment.

Ils dorment l'un contre l'autre. Au petit matin, l'enfant est brûlante. Elle doit voir un médecin.

– Et si on me réclame son certificat de naissance ? s'inquiète Justine. Si on me demande dans quelle clinique j'ai accouché ?

– Improvise. Tu es plutôt douée. Regarde où j'en suis.

Cette réponse la refroidit. Elle récupère les vêtements et les lambeaux d'âme éparpillés autour du lit, enfile ses chaussures, reprend ses sentiments et sa confiance soudain dépareillés par un médiocre cliché : toutes les femmes seraient par nature de rusées comédiennes arrivant toujours à leurs fins. Il n'est décidément pas à la hauteur. Il n'a pas la carrure. Il est bien trop préoccupé par ses études. Il est amoureux de ses équations. Amère, elle recouvre l'enfant d'une serviette de bain humide censée baisser sa température et annonce qu'elle débarrasse le plancher. Il tente de la retenir, reprend ses distances par le vouvoiement, mais pas sa bonne volonté :

– Ne faites pas l'idiote. Je vais rester à la maison aujourd'hui. Je m'occuperai d'elle. Je n'ai aucun cours important. Pendant ce temps, vous irez à Annecy chercher vos parents.

– Vous vous en sortirez avec la petite ? demande-t-elle, les yeux remplis de larmes.

– Bien sûr. J'ai eu un chien à la montagne.

Elle se rend à Annecy. Le voyage est un calvaire. Depuis sa place dans un wagon de deuxième classe, elle croit entendre la porte d'un cabinet de toilette claquer, doit se raisonner pour ne pas aller vérifier qu'un bébé s'y trouve. Chaque pas dans le couloir réveille sa crainte de voir apparaître des hommes en uniforme. Chaque regard croisé est une épreuve. À l'idée d'avoir laissé la petite aux mains d'un inconnu inexpérimenté, son cœur se soulève. Et si Leo craquait ? Et si, profitant de sa courte absence, il décidait de jouer les bons patriotes et de remettre l'enfant à la police ou aux services sociaux ?

Elle trouve l'appartement vide, silencieux, étouffé sous un fin voile de poussière. La ligne téléphonique n'est pas en dérangement, il n'y a simplement personne pour décrocher le combiné. Elle se précipite vacillante chez la gardienne qui lui remet une lettre dans laquelle son père lui demande de ne pas rester à l'appartement. L'enveloppe contient un peu d'argent, de quoi tenir quelques semaines. La gardienne n'est au courant de rien, sur la tête de ses petits-enfants. Elle est débordée, vous comprenez, plus personne ne la respecte, on ferait bien de prendre exemple sur les hommes en uniforme, eux au moins ont de l'éducation.

– Quand mes parents sont-ils partis ? demande Justine.

– Il y a dix ? Douze jours ? Tout ce que je sais, c'est que

votre père tirait la gueule et qu'il m'a demandé de vous remettre cette enveloppe.

– Ont-ils dit où ils allaient ? Emporté des bagages ?

– Je vous dis que je ne sais pas.

– Et les voisins ? Quelqu'un les a vus ?

– Je ne suis pas payée pour jouer les intermédiaires. Demandez-leur vous-même.

Fixant Justine droit dans les yeux, elle précise qu'elle ne souhaite pas être mêlée à tout ça. Dans sa bouche, *toutça* forme un seul mot comme *communisme, résistance, maçonnique, hébraïque et toute la clique*. Il vaut mieux que Justine rentre à Grenoble, le plus tôt sera le mieux. La gardienne aussi a une famille. Justine pense avoir compris. *Toutça*, s'abstient-elle de répondre, mérite au contraire qu'on s'en mêle. *Toutça* est pour l'heure la seule chose qui mérite qu'on se batte.

Telle une colporteuse, elle effectue la tournée des appartements, répète inlassablement les mêmes questions : a-t-on vu ses parents et son frère quitter leur domicile ? Étaient-ils seuls ou accompagnés ? Avaient-ils des bagages ? Quand sont-ils partis ? Certains voisins sont aimables et coopératifs quand d'autres l'obligent à mettre le pied dans la porte pour terminer ses phrases. Tous l'assurent qu'aucun uniforme allemand, italien ou français n'a été vu dans l'immeuble. Il semblerait que ses parents et son frère aient quitté leur domicile de leur propre initiative un matin avant l'aube. Ces informations sont une maigre consolation mais la soulagent.

Leurs débuts sont difficiles. Justine et Leo n'ont jamais vécu en couple. Leurs connaissances en matière de vie conjugale se limitent à l'observation de leurs parents. S'agissant de l'éducation, c'est encore plus compliqué, ils ne savent pas par quel bout prendre la petite, ils fonctionnent à l'instinct. Leur inquiétude à son sujet est constante. L'enfant est dramatiquement silencieuse, ses cordes vocales semblent inexistantes, elle mange avec appétit mais ne donne aucun signe de faim, ne manifeste aucun besoin d'être prise ou changée. La plupart du temps, elle dort. Régulièrement, Justine s'assure qu'elle vit encore et récolte un souffle d'air tiède fin comme un fil. Ce qui est vrai pour tous les nourrissons l'est au centuple pour cette gamine qui semble habitée par des souvenirs fantômes. Ils n'arrivent pas à lui trouver un prénom. Ils la biberonnent à tour de rôle, Leo en lui chantant des berceuses italiennes, Justine en lui lisant l'histoire de grosses dindes humaines peinant à prendre leur envol. Les mains de la petite s'agrippent au livre, en cornent les pages, laissent dans le cuir de la couverture l'empreinte d'ongles affûtés comme des couteaux ou encore, en dormant, de longs filets de bave puisque la nuit, il reste sous l'oreiller. Justine y voit la confirmation d'une intuition : une forte connexion existe entre l'enfant et ce livre. Arrivée au dernier chapitre, elle n'aura d'autre option que celle de reprendre sa lecture au début. C'est l'occasion de couper court aux fantasmes selon lesquels il exercerait sur l'enfant un pouvoir quelconque, suggère Leo. Suivant ses conseils, Justine tente l'expérience avec un autre ouvrage. Elle pioche au hasard un livre parmi ceux réduits au rang de protection sanitaire, censés absorber l'humidité des caves et diminuer les frais de chauffage. À la guerre comme à la guerre. Elle récolte une briquette de papier gondolant exhalant une odeur de bois brûlé refroidi et de poisson mort. Les pages sont agglutinées les unes aux autres. Elle tente de les décoller sans les endommager, lit le texte qui se présente sur un ton monocorde comme on consulterait un mode d'emploi. À sa grande surprise, la petite réagit, son visage s'éclaire, elle ouvre les yeux. Leo avait raison, peu importe le livre, elle est transportée, mais par quoi ? La mélodie des phrases ? L'esprit de l'auteur qui s'échappe des pages et remplit la pièce ? En lisant à voix haute, Justine modifie-t-elle sa voix au point de devenir une autre personne, que l'enfant reconnaît ? Devient-on quelqu'un d'autre quand on lit ? Notre pensée se mélange-t-elle avec celle de l'écrivain pour former un être hybride ? Toutes ces questions l'épuisent et après réflexion, elle préfère s'en tenir au livre trouvé dans le berceau, qu'elle remet toujours à sa place sous l'oreiller. Elle doit bien ça à la maman de l'enfant.

À l'exception de leur toute première nuit, l'enfant dort dans le couffin qui épouse la forme de son corps et semble la protéger comme une coque autour d'une noix. La nuit, donc, leur appartient. L'amour est leur ciment. Un amour triangulaire. Il l'aime. Ou croit l'aimer. Des années plus tard, il se demandera quel élément décisif l'a précipité dans les bras de Justine, par quelle force il a été guidé, celle de la bravoure ou de la chair amoureuse ? Il est impressionné. Elle prend l'initiative, offre sa peau soyeuse, son corps solaire, témoigne d'une expertise venue du fond des âges. L'amour coule de ses mains. Elle est attentive, délicate, précise. Ils font l'amour en silence. Des geysers de jouissance jaillissent de leurs corps. Le danger les aimante. Il est sa première expérience sexuelle mais elle a l'impression de le connaître depuis toujours. Elle aime la petite et ferait n'importe quoi pour la sauver.

Ils s'organisent. Justine se rend à l'université le lundi et met ses cours à jour. Elle discute avec des étudiants qui écoutent Radio Londres. Certains se méfient d'elle, d'autres promettent de lui fournir des nouvelles de sa famille s'ils en obtiennent. Le reste de la semaine, elle s'occupe de la petite. Le soir quand Leo rentre, ils vont marcher sur l'esplanade du lac du Bourget. Le 20 février 1943, soit un mois après leur rencontre, il se rend seul à la mairie d'Aix-les-Bains et déclare la naissance de Blanche Minelli, fille de

Justine Gachet et Leo Minelli, née le 24 octobre 1942 au domicile de Leo Minelli, conférant à la petite un prénom et un nom, des parents et un âge. Devant un employé obtus, Leo explique : pris dans le tourbillon des études, il n'a pu venir déclarer l'enfant plus tôt.

Justine a récupéré son petit calepin et appelé le monde qu'il contient. Les nouvelles sont maigres. Un ami de son père lui a confié ce message des plus vagues et qui semble crypté : *Tes parents et ton frère se sont mis au vert.* Il refuse de lui en dire davantage et lui enjoint de ne plus l'appeler à ce numéro, dans son propre intérêt. Il termine la conversation en lui assurant que ses parents et son frère vont bien, si toutefois ces mots ont encore un sens dans cette saloperie de guerre.

Elle renonce à ses cours à l'université, se concentre sur l'enfant, lui prodigue soins et affection, lui offre le réconfort de sa voix chaude, lui lit des heures durant des mots écrits par d'autres, des romans, des poèmes, des récits, car penser à sa propre situation lui arracherait les larmes. Elle lit à voix haute pour repousser les murs. Elle lit sans relâche les psaumes de religions sans dieux, ne quitte le texte des yeux que pour recueillir le sourire de l'enfant. Elle lit Hugo, Dumas, Daudet, Barbey d'Aurevilly, Nerval, Maupassant, Flaubert, Courteline, Rostand, France, Giono, Valéry, Gide comme on conjure un mauvais sort.

La situation est de plus en plus préoccupante. Il se dit que des foyers de résistance s'organisent dans le maquis des Glières, le col des Saisies, le Beaufortin, le Chablais, les Bauges. Si seulement ses parents pouvaient lui adresser un signe. Si seulement on pouvait respirer un air sans soldats.

Elle rêve régulièrement du livre trouvé dans le landau. Un livre de cent quarante-quatre pages à peine, sans préface ni postface ni phrase en exergue, quatorze chapitres annoncés en chiffres romains dans lesquels de grosses dindes à tête humaine s'obstinent à vouloir voler, s'élancent, tourbillonnent et retombent inexorablement. Cela lui avait échappé dans la pénombre de la cave mais lorsqu'elle se place sous l'ampoule électrique, elle peut les voir distinctement : les phrases soulignées au crayon, très légèrement, sans que le papier s'en trouve endommagé.

Elles n'ont pas été sélectionnées par hasard. Elles ne sont pas le fait d'un étudiant en littérature, pas non plus le produit de l'enthousiasme d'un lecteur. Le trait est trop fin, trop discret. Seule une personne avertie est susceptible de le remarquer. Ce pourrait être des messages codés. Dans cette hypothèse (elle a de moins en moins de doutes à ce sujet), à qui s'adressent-ils ? Elle se désole de ce que le livre ne soit pas arrivé à bon port. Elle mesure les terribles conséquences que cela a pu entraîner, imagine le désarroi des personnes qui attendent, peut-être dans une cave identique à celle-ci, les précieuses consignes dissimulées sous cet énigmatique *Les pets n'ont pas d'odeur* et ce vibrant *Les lunettes à double foyer sont dans le tiroir de gauche*. Elle va en parler à Leo quand il rentrera. Autre chose la préoccupe : le texte des pages 44 et 45 est presque entièrement effacé. L'encre a pâli, comme usée par une exposition prolongée à la lumière. Elle ne se souvient pas avoir fourni d'effort particulier quand elle les a lues la première fois, ne garde aucun souvenir de ces pages délavées. Elle jurerait que le pâlissement vient de se produire sous ses yeux. Elle n'utilise aucun produit chimique. Quant à l'ensoleillement, il faut bien le chercher dans cet entresol où la nuit tombe en plein jour. Elle soupire et replace le livre sous l'oreiller de l'enfant.

Un an après leur rencontre, toujours sans nouvelles de ses parents et de son frère, Justine accompagne Leo à Allevard. Puisqu'il est à présent le père de la petite, puisqu'elle-même assume son rôle de mère, il n'y a plus aucune raison de priver Blanche de ses grands-parents paternels, de ne pas l'inscrire dans une parentèle, de ne pas donner à son destin décousu l'apparence d'un récit cohérent. Au contact de la *mamma*, elle devient un peu italienne. Elle est rebaptisée Bianca et son sourire se répand comme un pollen dans la vallée. Des dizaines de saints sont convoqués. Le *padre* se montre modérément enthousiaste. Pendant que lui se crève à la mine, son fils joue les jolis cœurs.

– *Devi solo scavare come tuo padre.*

Tu n'as plus qu'à creuser comme ton père.

– On se débrouille avec ma bourse, papa.

– *Porca miseria, chi mi a dato un tale coglione* ? Qui m'a donné un couillon pareil ? Parce que tu crois que je me ruine la santé pour que tu engraisses une Française ?

- 2 -

– J'ai inscrit Blanche à la danse.
– Tu as bien fait.
– Elle préfère rester à l'étude avec moi.
– Tu as de la chance, Justine, mes garçons ne tiennent pas en place. Note bien, je n'ai rien contre un petit point de suture ici et là, ça forge le caractère, ça prouve qu'ils sont vivants. Moi, pendant la Guerre...

Certaines phrases sont devenues inaudibles. Celles qui commencent par « Moi pendant la Guerre » en particulier. Dans la salle des professeurs, à la cantine, devant les lavabos des toilettes en se recoiffant, « Moi pendant la Guerre » laisse Justine sans voix, lui rappelle à quel point la Guerre n'a pas traité tout le monde de la même façon et réveille le nœud de vipères dans son estomac.

– Moi, pendant la Guerre, j'utilisais de la colle à bois pour empêcher mes bas de filer.
– Moi, pendant la Guerre, je rêvais de choux à la crème. Et toi, Justine ?

Justine leur adresse un regard vide. Elles font mine de comprendre leur maladresse (même si elles trouvent Justine un tantinet rabat-joie). Elles la noient dans un bain d'encouragements vite expédiés. Elles glissent du « Moi pendant » au « Moi aussi ». Moi aussi, pendant la Guerre, j'ai un proche, un oncle, un ami, une connaissance, un morceau de rideau du salon tombé au front ou sacrifié sur l'autel de la Résistance. Moi aussi, pendant la Guerre, j'ai failli renoncer à mes études, heureusement ce n'est pas arrivé. Elles ne pensent pas à mal. Elles ne pensent pas tout court. Le soleil sait-il qu'il brille ?

Justine cumule deux postes : elle est surveillante au lycée et à l'école élémentaire. Les élèves l'adorent. Elles sont toutes ses filles. Elle est devenue malgré elle la mère de toute une génération de Blanche en cette période bénie de lumière retrouvée. Elle les sauve une à une, ici d'un problème d'algèbre, là du calcul d'une masse volumique, plus loin, d'un sujet de dissertation. Elle veut former des Justine telles que Justine aurait été si la guerre n'avait pas eu lieu. Elle pose la main sur une épaule, délivre un encouragement, suggère une stratégie de combat, s'érige en Résistante, en cheffe de réseau, invite ses soldates à ne jamais abandonner la lutte contre l'ignorance sans quoi elles se verront contraintes de mener une vie de femme au foyer et de poule pondeuse.

L'appartement dont elle est tristement devenue l'unique héritière a été vendu. Il n'y restait pratiquement rien quand elle y est retournée. Il avait été mis sens dessus dessous. Disparus les vêtements, les bijoux, les montres, les stylos à plume, les jouets. Elle a pu sauver quelques photographies.

Elle fuit les cérémonies, les honneurs posthumes, les discours grandiloquents sur le courage, l'héroïsme, le sacrifice de soi, les morts pour la patrie ; évite les vieilles connaissances, un ancien voisinage parmi lequel se trouve sans doute celle ou celui qui a dénoncé les siens. Elle veut préserver Blanche, lui épargner les vipères dans le ventre, les insomnies, les cauchemars. Voilà ce à quoi fait écho le fameux « Moi pendant la Guerre » que s'autorisent sans ménagement ses collègues.

Dès que le temps s'y prête, Leo, Justine et Blanche partent camper du côté de Talloires-Montmin et de la Tournette, dans une caravane aménagée achetée au Salon de l'automobile. Leo aime la vie au grand air. Justine trouve dans les miroitements du lac le reflet de sa propre enfance. Elle s'efforce de rester joyeuse, pour la petite. Ils conçoivent le maintien de la paix comme la plus ambitieuse des missions jamais accomplies par l'homme, croient en un monde meilleur pour les générations futures, sourient sur toutes les photographies. Ils sont un couple des années 1950. À condition qu'on le lui demande gentiment et sans la forcer, Blanche consent à se promener, à observer les nids d'abeilles dont elle admire la construction géométrique complexe et à nager dans le lac à la surface duquel d'impressionnants gerris patinent. Mais à choisir, elle se sent plus à l'abri à l'intérieur de la caravane, parmi les amusants tiroirs et autres meubles rétractables.

À la maison, la vie est réglée sur l'authentique horloge comtoise installée dans la salle à manger que chaque soir en rentrant du travail Leo remonte à l'aide d'une petite clé. Penchée sur ses devoirs, Blanche aime entendre le cliquetis qui précède le coup de marteau scandant les heures et les demi-heures. Elle se redresse pour écouter puis se replonge dans l'étude, s'abîme dans l'exception grammaticale, mordille un nouveau mot. Elle conçoit les mots comme l'origine de toute chose. Sans eux, rien n'existerait. Ce qui n'est pas nommé cesse d'exister. L'intérieur de sa tête est rempli de mots. Chacun produit une multitude d'images et de sons. Les mots sont des mondes, toutes sortes de mondes, silencieux, bruyants, effroyables, hilarants. L'univers a surgi d'un gigantesque alphabet.

Elle veut savoir pourquoi certains pronoms sont neutres et d'autres pas, conçoit les phrases comme des ponts plus ou moins solides (son papa en construit) et se passionne pour la ponctuation qui ressemble à des points de couture. Quand sa voisine lui rend visite, c'est sans grand enthousiasme que Blanche accepte de jouer avec elle, et encore, à certaines conditions : jouer à l'institutrice et à l'élève, s'infliger des punitions corporelles. Blanche aime être punie, attendre de longues minutes à genoux sous la supervision d'une autorité, les deux mains sur la tête, un bandeau sur les yeux, pour avoir omis l'accent circonflexe sur le verbe *étêter* qui veut dire couper la tête. Dans sa classe, on trouve Blanche effroyablement ennuyeuse, mais, pour une raison qui reste trouble, sa petite voisine apprécie sa compagnie et se prête volontiers à leurs jeux.

Blanche interroge tout ce qui est susceptible d'enrichir son vocabulaire. Elle habite une ville enchanteresse, emprunte tous les jours le bien nommé pont de l'Amour, enjambe les canaux d'un petit paradis, lève les yeux vers des montagnes qui, en hiver, prennent des allures de desserts géants et, l'été, se dédoublent dans un lac à l'humeur versatile, tantôt turquoise, tantôt gris cendre. Si elle n'a pas prononcé un mot avant l'âge de deux ans, elle s'est rattrapée depuis. À trois ans, elle commençait à lire. À quatre, elle lisait seule. Rien n'aurait pu soulager Justine davantage que de voir Blanche goûter aux joies de la lecture. N'était-ce pas le vœu tacite de la personne qui, au prix sans doute, d'un déchirement terrible, s'était résolue à l'abandonner ? Blanche retient facilement les noms des rues, des magasins, des personnes qu'on lui présente, des métiers, des outils, des techniques, des espèces animales, végétales et minérales. Dès son entrée à l'école primaire, elle a sauté une classe. Elle n'aime pas les lieux de grand passage. La peur qu'elle éprouve à fréquenter les endroits bruyants, les cours de récréation, par exemple, provient du désordre sonore qui y règne. Justine a sa petite idée : l'ambiance de la cour fait probablement écho à celle des origines, aux brouhahas d'une foule, à l'agitation d'une gare, aux sons métalliques de rails et d'essieux. Blanche fuit les lumières fortes, les soleils au zénith, la circulation automobile, les fêtes foraines, les tombolas, les voix des commerçants au micro des camionnettes, les postes transistor et les feux d'artifice. Le bruit d'une façon générale génère chez elle une nervosité excessive. Pour le reste, son cerveau est un puits de curiosité.

Un soir, tandis qu'elle glisse lentement vers cette zone floue et molle où veille et sommeil se confondent, Blanche est brusquement arrachée à ses pensées par un bruit fracassant. Un objet vient de percuter la vitre. Elle veut appeler sa mère mais les mots, ces mots qui font que les choses existent, restent dans sa gorge. Dans la pénombre, elle ne peut distinguer les objets de leur ombre. Il lui semble que quelqu'un, ou quelque chose, reste posté sur l'appui de fenêtre. Un gémissement, des bruits de bouche, un souffle rauque, confirment une présence. Elle se lève et marche jusqu'à la fenêtre. Un enfant est accroupi sur le rebord. Il a le visage affreusement ridé, les lèvres gercées, on dirait qu'il dort dehors depuis des semaines. Son corps est recouvert d'un amalgame gluant de poils et de plumes. L'absence d'odeur ne permet pas à Blanche de confirmer sa nature animale. Tant qu'elle ne parvient pas à trouver un nom à la créature, son existence reste relative. L'étrange spécimen effectue un saut de l'appui de fenêtre au sol et avance dans la chambre avec difficulté, comme ces oiseaux plus habiles dans les airs que sur la terre ferme. Il laisse derrière lui des traces de boue mélangée de sang et de plumes. Il s'est cassé une aile. Celle-ci forme un angle perpendiculaire à la colonne vertébrale. N'importe quelle personne dans la situation de Blanche se serait retranchée sous son lit en tremblant si bien que l'intrus comprend rapidement qu'il se trouve en présence d'une fillette d'une maturité exceptionnelle, disposant d'une intelligence au-dessus de la moyenne. Aussi se comporte-t-il avec elle en conséquence et sans passer par les protocoles habituels :

– Le chemin était glissant, j'ai raté mon atterrissage. Je me suis salement cogné contre la réalité. T'as quelque chose à boire ?

Elle en pleure de joie. Elle aime moins la manière dont l'oiseau à tête humaine se tripote le zizi et évacue un long filet d'urine jaune fluorescente sur la moquette.

– Non ! Pas ici ! Nous avons des cabinets !

Trop tard, le jaune est fait.

Elle demande la permission d'inspecter la blessure. À la racine de l'aile froissée, une épaisse croûte de sang de couleur bordeaux s'est formée. Impossible de rectifier la position de l'aile sans risquer de rouvrir la plaie. L'enfant-oiseau ne semble pas souffrir. Elle ne sait qui des deux a le plus de chance : lui qui avait deux ailes et dont l'une s'est cassée ou elle qui n'en possède aucune et rêve de s'envoler.

– Tu as des frères et sœurs ?

– Oui.

– Combien ?

– Une pelletée.

– Combien exactement ?

– Mille deux cents millions quatorze douze quinze trois vingt-trois. Mais je ne les connais pas tous.

– Ils font quoi dans la vie ?

– Je n'en sais rien. Je dois t'avouer une chose : je n'existe pas.

– Je sais. J'ai six ans.

– L'avantage, c'est qu'en n'existant pas, je suis indestructible. Par définition, ce qui n'existe pas ne peut pas disparaître. Donc, j'existe plus que toi et tout ce qui existe.

– La chance ! En plus, il te reste une aile et tu peux aller où tu veux.

– Oui, enfin, je ne serais pas aussi affirmatif. Je ne suis pas sûr d'être en mesure de repartir.

– J'ai une idée : tu vas dormir ici et demain on ira voir l'ailothérapeute.

– Le quoi ?

– Le docteur qui répare les ailes.

– Hors de question !

– Pourquoi ?

– Il serait capable de me couper l'autre.

Il veut jouer à la poupée. Cela surprend Blanche dans la mesure où voilà longtemps qu'elle n'y joue plus elle-même. Quel âge peut-il avoir ? Il semble si vieux et si juvénile à la fois. Ses mains sont usées et pleines de boue comme s'il travaillait la terre et chaque fois qu'il les pose quelque part, il laisse d'horribles traces brunes.

Il aligne les poupées contre le mur, désigne sa première victime, lui confisque un bras qu'il brandit en témoignage de sa détermination. Dans son dos, s'échappant de l'épaisse croûte de sang séché, un filet plus clair, de couleur groseille, apparaît et coule jusqu'au bas de ses reins.

Il répète l'opération avec d'autres poupées, multiplie les amputations, décapite. Blanche en éprouve une jubilation silencieuse. Pour étêter, il coince leurs têtes entre châssis et fenêtre. Certaines résistent en faisant d'horribles grimaces. Quand il les a toutes réduites à des troncs aveugles et manchots, il dit « Mon travail est terminé ! » et disparaît comme il est venu. Elle croit encore l'apercevoir passer la tondeuse dans le jardin, lire un magazine allongé dans le transat sur lequel sa mère a l'habitude de prendre des bains de soleil, puis s'évanouir dans l'aube charbonneuse.

Lorsqu'au petit matin, ses parents découvrent le désordre insensé dans la chambre et le jardin, ils pensent d'abord appeler la police. Mais voyant Blanche couverte de boue et d'herbe, ils se ravisent.

– Il faut que tu lui parles, Justine, ça ne peut pas continuer.

– Tu veux que je lui dise quoi ? Écoute, Leo, toutes les filles finissent par arracher la tête de leurs poupées.

– Et à passer la tondeuse en pleine nuit.

– N'est-ce pas la preuve qu'elle grandit et gagne en maturité ? Faut-il absolument y voir un trouble mental ? N'est-elle pas une enfant équilibrée, affectueuse, exemplaire ?

Leo ne partage pas cet avis. Selon lui, Blanche souffre de solitude. Il lui faut un petit frère ou une petite sœur. Trois, ce n'est pas une famille.

– C'est trop tôt, Leo.

– Blanche a six ans.

– Elle est encore fragile.

– C'est toi qui es fragile.

– Je ne veux pas d'autre enfant.

– Mais il ne s'agit pas de toi, Justine. JE veux d'autres enfants.

Ce dont Blanche souffre (si tant est qu'explorer de nouveaux possibles soit une souffrance) porte un nom : le somnambulisme. Le somnambulisme est la capacité de se mouvoir alors qu'on se trouve dans un état de sommeil profond. De parler, de marcher, d'effectuer un pas de danse (et plus rarement, de passer la tondeuse) les yeux grands ouverts tout en restant endormie. Généralement, le sujet n'en garde aucun souvenir au réveil. Le pédiatre a expliqué que le phénomène est courant et sans gravité, en particulier chez les enfants en pleine croissance, et si cela n'a pas suffi à rassurer ses parents, ils ont pris les mesures qui s'imposent, à savoir, condamner la fenêtre de sa chambre et bloquer l'accès au jardin, car Blanche pourrait se blesser, marcher sur un objet coupant, effectuer une chute mortelle.

Blanche déteste entendre ses parents se disputer. Comment doit-elle se comporter pour qu'ils se taisent ? Ne leur suffit-elle pas ? Espèrent-ils mettre au monde un enfant, disons, parfait, qui accepte de prendre des cours de danse, aime les feux d'artifice et les fêtes foraines ? Elle voudrait effacer le pli de reproche entre les sourcils de son père. Elle aimerait que sa maman cesse de s'inquiéter en permanence. Elle rêve de partir sur l'île de son indépendance et de ne jamais en revenir. Là-bas elle fabriquera un palais en bambou gardé par des papillons bleus, construira une piscine dans laquelle un alligator monte la garde. Elle deviendra une grande nageuse avec des branchies, conservera la tête sous l'eau aussi longtemps qu'elle le souhaitera. Elle côtoiera les anges aquatiques dont les ailes sont des nageoires, deviendra l'amie des pieuvres, aura la grâce du poisson-clown et la force du poisson combattant de Siam comme dans ce livre sur l'océan reçu à son anniversaire. Elle sentira ses cheveux ondoyer, croisera les poissons-chirurgiens de la page 49, des balistes, des sergents-majors, cueillera des monnaies caraïbes sur les coraux cerveau. Elle descendra, descendra, descendra vers les abysses. Elle entendra la musique d'entre toutes les musiques : le silence des grands fonds.

Il arrive aussi que ses parents s'embrassent, dansent au milieu du salon et partagent la même cigarette, le même verre de vin. Que sa mère s'ébouriffe les cheveux, jette la tête en arrière et rie fort, que son père vienne la chercher dans sa chambre et l'invite à danser avec eux, qu'il la fasse tournoyer comme s'il n'existait qu'elle au monde, puis l'abandonne à la fin de la chanson. Elle ignore quelle situation est pire : les entendre se disputer ou les regarder s'aimer, se dandiner, se frotter l'un à l'autre. Elle en a marre. Marre. Marre.

Elle a toujours existé. La fissure. Dès les premiers instants, elle était là, dans ce café, à quelques rues de la gare d'Aix-les-Bains, à une époque où la moindre hésitation aurait pu tout compromettre. La première intention de Leo avait été de dire non. Il s'était ensuite laissé conquérir par son charme : Justine l'électrisait, lui renvoyait l'image de sa désolante tiédeur. Justine avait de l'héroïsme pour deux. Ensemble, ils avaient cousu un mensonge et réussi à lui offrir l'apparence de la vérité. Ils n'avaient pas rencontré d'obstacle, autour d'eux le monde était bien trop occupé. L'attirance qu'ils éprouvaient l'un envers l'autre avait fortement contribué à la réussite de leur projet. L'attirance avait formé une glaise, un ciment efficace et colmaté la fissure pour une période indéterminée. Ils avaient formé un couple stable et envié, vécu de belles années. Ces temps derniers, selon un procédé que Leo ne s'expliquait qu'en partie, et bien qu'il soit encore ému le soir en la retrouvant, bien qu'ils fassent l'amour et dorment enlacés, la magie n'opérait plus. Il se sentait captif d'une histoire qu'il n'avait pas écrite, à laquelle il n'avait souscrit que pour plaire à Justine. À aucun moment, Justine ne l'avait forcé, mais, avec le recul, les choses semblaient moins claires. Après la Guerre, Justine avait décidé de l'endroit où ils vivraient, de la façon dont Blanche grandirait, de la fréquence avec laquelle ils rendraient visite aux parents de Leo, de ce que Blanche devait manger, boire, apprendre, dire, penser et croire, de l'heure à laquelle il convenait qu'elle s'éveille et se couche, de la durée de ses temps de lecture et des amies qu'elle fréquentait. Finalement, à l'exception du jour où il s'était précipité à la mairie d'Aix-les-Bains pour déclarer sa naissance au registre de la population, il n'avait pas eu voix au chapitre. Même cette caravane commandée au Salon de l'automobile n'avait pas été son idée. Sans y prendre garde, il s'était laissé embobiner, avait commis un acte illégal sans récolter les fruits attendus de la paternité. Un été (Blanche devait avoir quatre ans), ils campaient au bord du lac et croyant l'avoir entendue l'appeler, il s'était levé et l'avait cherchée sur sa couchette. Ne l'y trouvant pas, il était sorti de la caravane et avait inspecté ses abords. Frappé par le vibrant concert de la population lacustre, il l'avait appelée par tous les petits noms charmants dont il avait été lui-même gratifié dans l'enfance, les accordant au féminin quand c'était nécessaire :

– *Tesoro… Pulsino mio… Amore mio… Bambina… Gattina mia…*

Le tout dans un murmure presque inaudible, craignant réveiller Justine dont l'inquiétude aurait transformé cette douce partie de cache-cache en mission de sauvetage. Deux Leo s'étaient alors trouvés en présence. Leo n°1 avait été terrifié à l'idée qu'il soit arrivé quelque chose à sa fille quand Leo n°2 avait secrètement espéré qu'elle se soit aventurée dans l'eau et noyée comme dans la légende de Bertoline, dame du lac qui, croyant reconnaître son bien-aimé, happe les baigneurs imprudents. Leo n°1 avançait inquiet dans la nuit délicieusement tiède. Leo n°2 retournait se coucher dans la caravane, s'allongeait sans bruit aux côtés de Justine. On verrait bien demain. On aurait d'autres enfants. De son propre sang cette fois. Seulement, Blanche était là, adressant aux étoiles des baisers, saupoudrant le ciel de ses indications. Leo n°1 avait gagné la partie de cache-cache. Il avait soulevé son *tesoro* et l'avait étreint, lui soufflant un million de pardons, créant un embouteillage d'amour et de culpabilité dans ses petites oreilles. Ils étaient restés un moment au bord de l'eau, immobiles à contempler les étoiles, son corps à lui s'élevant en forteresse autour de son corps à elle. Justine s'était réveillée. Émue de les trouver ainsi enlacés, elle était allée récupérer l'appareil photo dans la caravane et les avait immortalisés au cœur de la nuit. La photographie était ratée. Elle montrait deux animaux humains aux yeux rouges, un mâle et sa petite, tombés sous les faisceaux d'un Kodak Brownie Flash dernier modèle. Justine avait refusé de la coller avec les autres dans l'album photo de vacances et Leo l'avait conservée dans son portefeuille.

Rétrospectivement, il ressent un énorme gâchis, regrette avoir menti à ses parents en leur laissant croire que l'enfant était le sien. Il ne veut plus être constamment rappelé à l'ordre. Il est déchiré chaque fois qu'il regarde Blanche, meurtri de n'avoir du *padre* que l'étiquette, d'être un figurant dans sa propre existence, d'appartenir à ce qui ressemble de moins en moins à une famille et de plus en plus à une troupe de marionnettes. Il estime qu'il a son mot à dire. Rien dans leur vie ne répond aux espoirs qu'il fondait, aux valeurs qui lui ont été inculquées. Il veut s'entourer d'une colonie d'enfants, s'asseoir le dimanche autour d'une table remplie de rires et de victuailles, de femmes joyeuses et bruyantes, d'hommes qui se comportent en hommes. Il veut un peu de reconnaissance.

- 3 -

Cinq ans que Leo peaufine les modalités de sa seconde chance, cherche un nouveau poste loin d'Annecy, promet à une autre ce qu'il ne peut offrir à Justine (et ce qu'elle ne peut lui offrir en retour). Il a même envisagé de changer de nom. Il n'emportera aucun meuble, ne se fourvoiera pas dans des calculs inutiles. Peut-être les explications viendront-elles plus tard, quand il aura refait famille et ne gardera en mémoire que leur incroyable aventure sans ses conséquences. Peut-être parviendra-t-il alors à colmater la fissure. Couper les ponts ne le rend pas heureux mais le sauve.

Il part comme chaque matin, emporte son petit air endormi, sa petite moustache de café, sa petite mallette en daim souple. La journée se passe et en fin d'après-midi, Justine l'appelle au bureau. Ce n'est pas Leo qui décroche mais Simon, son collègue. Simon, un ami, un gars bien. Il la salue, prend des nouvelles de Blanche, Justine le remercie de son attention. Peut-il transmettre un message à Leo, lui demander d'effectuer un crochet par l'épicerie en rentrant du bureau pour acheter des biscottes ? À l'autre bout de la ligne, trois points de suspension, pas un de ces silences courtois qui disent veuillez patienter s'il vous plaît, nous vous passons votre correspondant, non, un son plus creux, plus immédiat, qui la met en alerte. Simon ne sait par où commencer. Le bureau a fêté le départ de Leo il y a deux semaines. Tous ses collègues sont au courant de son changement de poste, de son déménagement, de son mariage avec Nicole. Comment se peut-il qu'elle n'en sache rien ? Dans une ville de la taille d'Annecy où les bruits vont plus vite que les secouristes de montagne ?

Avec cette volonté de préserver Blanche qui la caractérise, Justine ravale sa douleur et sort acheter des biscottes. Une fois dehors, les digues rompent. Elle pleure d'un seul trait une mère, un père et un frère assassinés, une innocence perdue, une jeunesse dérobée, des études confisquées, son horreur de la guerre, sa solitude, ses responsabilités lourdes comme des cargos et le départ de Leo. Plus tard à table, elle cherche encore ses mots :

– Ma chérie, je me suis trompée. Ce sont des biscottes sans sel et ton père nous quitte.

Afin que le principe d'irréversibilité soit bien clair, elle ajoute :

– ... Il épouse une autre femme.

Sous le coup de la stupéfaction, découvrant cette nouvelle mère aux yeux rougis, cette inconnue ou presque, la première réaction de Blanche est de la rassurer, de transformer la douleur en valeur positive, de puiser dans ses lectures le début d'un argument réconfortant. Elle relève la tête et dit :

– Maman, c'est terriblement romanesque, ce qui nous arrive, tu ne trouves pas ?

Les possibles sont des bandits. Leur mode de locomotion, loin d'être infaillible, est rapide et silencieux. Ils sont pleins de ressource, surtout les désobéissants, les spirituels, les imparfaits, les mythomanes, les porteurs de boutons et d'hémorroïdes, les dépressifs, les paresseux, les inutiles, les cleptomanes, les sobres le jour et gloutons la nuit. L'avantage des possibles sur les êtres de chair et d'os ? S'il n'est pas conseillé de les prendre au pied de la lettre (ils ont tendance à se contredire), ils n'ont pas leur pareil pour vous ouvrir l'esprit, tracer de nouvelles voies. Ainsi, au fil des ans, Blanche a-t-elle hébergé dans sa chambre un nombre considérable de possibles. Elle les a bichonnés, soignés, recollés quand ils tombaient en pièces, rafistolés, nourris, blanchis, coiffés, mis à la porte, enfin, à la fenêtre, et reconvoqués. Un véritable dortoir s'est organisé et ils sont devenus si nombreux qu'elle a envisagé d'installer des tentes dans le jardin de manière à héberger les suppléants, sachant que les possibles font partie d'elle, constituent les facettes innombrables de sa personnalité en constante évolution et que ce qui est vrai aujourd'hui ne le sera pas forcément demain et qu'il vaut mieux additionner que soustraire, ne pas se borner à une seule version de soi.

Blanche se rend à la bibliothèque où jusqu'alors sa mère l'accompagnait. Elle souhaite choisir ses livres elle-même. La bibliothèque municipale se trouve à une encablure de son domicile. Son architecture est austère, le trajet jusqu'à l'accueil, interminable. Blanche est impressionnée par la gorgone responsable des retraits et des dépôts, qu'elle fréquente pourtant depuis des années. Seule, c'est différent. Seule, c'est l'aventure. Elle expose sa requête, veut devenir membre, remplir une fiche d'adhésion, payer sa cotisation. À chaque nouveau tampon administré, elle sursaute.

– Il me faudra une photo. Tu me l'apporteras la prochaine fois.

– Oui, madame.

La gorgone lui indique les salles accessibles au public (salles qu'elle a écumées un grand nombre de fois en compagnie de sa maman) et lui rappelle les règles : elle ne peut emprunter que trois livres à la fois, la durée de location est d'une semaine, un surcoût tarifaire est appliqué à chaque retard (toute chose qu'elle sait mais qui désormais lui incombe). Et Blanche Minelli de s'élancer dans les allées de la bibliothèque, frappant en son nom propre à la grande porte de la littérature, subjuguée par le nombre et la géométrie des étagères. Elle se dirige vers une salle, une armoire, un rayonnage, incline la tête à droite, à gauche, lit un titre, un deuxième, un troisième, revient sur ses pas jusqu'au comptoir d'accueil.

– Madame ?

– Comment puis-je t'aider ?

– Je les ai tous lus.

La gorgone réprime un rire et l'invite à la suivre. Elles passent ensemble devant la littérature jeunesse, les travaux manuels, l'histoire, les sciences naturelles, la peinture, la musique, l'architecture, la philosophie, le théâtre classique, bifurquent en direction de la poésie, de la littérature médiévale et s'arrêtent devant un amoncellement de livres dont certains sont encore dans leur carton de livraison et attendent d'être tamponnés et numérotés.

– Ici, tu es pratiquement sur une autre planète.

Ils sentent encore le neuf. Leurs titres sont prometteurs. *Des souris et des hommes*... *Les raisins de la colère*... Et un peu plus loin : *Tandis que j'agonise*. Des mondes et des mondes. Le cerveau en ébullition, Blanche s'arrête sur six mots qui ne semblent avoir été écrits que pour elle. Rassérénée, elle revient trouver la dame au comptoir.

– *Le cœur est un chasseur solitaire*. Excellent choix.

Aussitôt rentrée, elle s'enferme dans sa chambre, quitte Annecy pour l'atmosphère moite et torride d'une petite ville du sud des États-Unis. Elle descend la rue principale en compagnie de deux muets, l'un à la figure ronde et huileuse, l'autre, grand et d'une propreté méticuleuse. Sous ses pieds, elle peut sentir la chaleur du goudron ramolli. Dans une cour d'immeuble, elle entend un violon jouer une mélodie, fait la connaissance de Mick Kelly. Elles montent ensemble jusqu'à sa chambre et Mick Kelly lui montre le violon qu'elle s'est fabriqué. Ensemble, elles écoutent une symphonie échappée d'un petit poste transistor provenant d'un autre appartement. Blanche descend la rue principale et rencontre Jake Blound, un communiste (elle ne connaît pas le sens de ce mot et consulte le dictionnaire). Elle descend la rue principale, salue le docteur Copeland et sa fille. Elle descend la rue principale jusqu'au café de Biff Brannon, lieu familier du communiste Jake Blound et du docteur Copland. Elle descend la rue principale, entre dans le café, se hisse derrière le comptoir aux côtés de Biff Brannon et observe les clients attablés. Ils descendent la rue principale, vont au café de Biff Brannon et rêvent tous d'être ailleurs. Comme elle, Mick Kelly et tous ceux qui descendent la rue principale ne se contentent pas du monde dans lequel ils vivent, ils aspirent à autre chose et cette symétrie la remplit. Elle n'a plus honte de se sentir exilée sur les rives de l'un des plus vastes lacs d'Europe, dans une ville aux canaux miroitants et aux ponts fleuris dont la beauté ne lui suffit pas.

Elle n'interrompt sa lecture que pour se mettre à table et termine le roman en moins d'une semaine. Savoir que dans sa ville se cache sans doute une Mick Kelly la réconforte. Que dans le monde des centaines de Mick Kelly complotent lui rend soudain la vie exaltante.

Longtemps, Blanche espère une lettre de son père et ouvre la boîte aux lettres des picotements dans les doigts. Elle imagine une correspondance dans laquelle son père lui confierait dans le plus grand secret les joies et les déboires de sa nouvelle existence. Il ne lui épargnerait rien : ni le caractère abominable de sa nouvelle femme Nicole (une rabat-joie doublée d'une despote), ni les soucis inhérents à son nouveau poste, ni ses amers regrets de ne plus voir ses anciens collègues. Il lui dirait surtout le manque de sa très douce présence, de leurs étés en caravane, de la pêche aux étoiles, des baignades, des longues soirées de lecture. Il lui confierait combien ses nouveaux enfants sont braillards, stupides et ennuyeux, Blanche restant à jamais le véritable amour de sa vie. Il réclamerait son indulgence, lui promettrait de la revoir bientôt, ou dès que possible, l'implorerait de tenir secrets leurs échanges afin de ne pas ruiner son projet de revenir vivre auprès d'elle.

À mesure qu'il (ne) lui écrit (pas), le fantasme se renforce, prend de l'assurance. La fameuse Nicole s'étrangle avec un os de poulet. Enfin délivrés de l'immonde maquerelle, Leo et ses nouveaux enfants rentrent vivre à Annecy. Blanche rencontre ses demi-frères. Ou alors, Leo décapite Nicole parce qu'elle a osé salir Blanche par des propos irréfléchis et envoie ses demi-frères en pension. Le fantasme se muscle encore et Leo lui écrit depuis la prison où il purge une peine à perpétuité (après tout, il a tué Nicole). On le retrouve finalement pendu dans sa cellule au bout d'une corde de remords. Lasse de collectionner une correspondance imaginaire, Blanche se fait une raison, non parce que son père lui est sorti de la tête mais parce que son imagination s'est tarie et qu'elle ne voit pas l'utilité d'écrire à un pendu.

Le possible épistolaire ne s'est pas manifesté. Sans doute par souci de réalisme et de véracité n'a-t-il pas souhaité s'immiscer dans la relation complexe qu'elle entretenait avec son père. Il faut dire qu'en ce domaine, les possibles restent extrêmement prudents. Ils savent combien certains pères sont défaillants.

Justine ne va pas bien. Depuis le départ de Leo, la machine s'est enrayée. Justine reste coincée dans ce compartiment entre Grenoble et Aix-les-Bains. Chaque parole, chaque geste porte l'empreinte de ce voyage. Elle voudrait sortir de la Guerre mais n'y parvient pas. La légèreté de ses collègues la tue à petit feu. Les commémorations et les honneurs la tuent. Certains matins, elle se sent en veine d'expliquer à Blanche l'incroyable aventure qui les a réunies. Elle prépare des toasts au miel et au beurre salé, verse du thé dans les tasses en porcelaine, prend une profonde inspiration, est sur le point d'aller chercher le livre et les chaussons dans le tiroir de sa coiffeuse, puis se ravise. Pas question d'offrir une prisonnière de guerre supplémentaire à l'ennemi.

Parfois, elle sent rôder l'issue inévitable. Elle est prête, se languit de s'offrir enfin l'oubli définitif. Elle aurait tellement préféré quitter ce monde en même temps que son frère. Elle s'en veut terriblement de ne pas avoir désobéi à ses parents, de les avoir abandonnés à leur effroyable sort, de ne pas les avoir épaulés dans l'épreuve. Des années après, elle entend toujours la standardiste lui réciter la litanie des abonnés absents, qualifier son père de *correspondant*, expliquer qu'il n'est pas *joignable*, l'inviter à rappeler *ultérieurement*. Ultérieurement est devenu une véritable torture. Si seulement elle avait pris plus de risques, elle aurait peut-être réussi à les sauver. Ou arpenterait en leur aimable compagnie les chemins apaisés de l'inexistence.

La salle des professeurs est devenue une zone d'occupation. Elle ne s'y rend plus que pour régler les questions de grille horaire, se défend des oh ma pauvre, des oh là là, des heureusement j'ai mon Gérard, mon Jean-Nicolas, mon Jean-Hugues... Avec le temps, toutes traces de respect et d'indulgence à son égard ont disparu. On bave dans son dos. Justine est neurasthénique. Ce qui lui arrive est entièrement sa faute. À la place de Leo, n'importe quel homme aurait agi de la même façon. Sans doute nulle au lit. Médiocre cuisinière. S'habille comme une quiche. Dédaigne les brushings, les robes printanières, les vernis à ongles, la recette des tartiflettes, les pénétrations anales, toute chose susceptible de retenir un homme. Chaque soir, Justine quitte le lycée sans se retourner et rentre chez elle moralement lessivée. Dans ce tableau très sombre subsiste une lueur : elle aime les croque-monsieur.

Sa fille l'a suppliée d'acheter un gaufrier électrique et depuis, quand elle rentre, elle trouve Blanche aux fourneaux, bataillant contre l'inanition de sa mère. Blanche la miraculée s'est convertie en Saint Bernard. Blanche est plus que jamais son phare dans le brouillard. En sa présence, Justine croque-monsieur avec enthousiasme, milite pour le retour de sa joie de vivre, s'entend rire, se surprend en flagrant délit d'insouciance et se tait brutalement, du ketchup sur les dents. Le soir, assise devant sa coiffeuse, elle contemple son reflet, ôte une à une les épingles de son chignon, dévêt son corps maigre devenu inutile. Sa salive a déjà un goût de fer, un goût de mort en sursis. Elle voudrait du Debussy à son enterrement. *Prélude à l'après-midi d'un faune*. Elle rit seule face au néant.

C'est dans les toilettes du lycée que Blanche rencontre son premier possible ensanglanté. Du sang entre les cuisses. Un sang épais et foncé, collant, à l'odeur âcre du corps au travail. Voilà Blanche, tu y es. Je préfère te prévenir, tout le monde s'acharnera à t'expliquer ce qu'être femme veut dire mais en réalité on met dans ce mot ce qu'on veut. Chacun a sa petite idée sur la question. Saigner n'est pas un métier. Saigner n'est pas une vocation, c'est même assez pénible. Les autres t'expliqueront que c'est une lourde responsabilité, rendront tes règles douloureuses en t'obligeant à travailler ou à te tenir à l'écart, à prendre des bains pour te purifier. N'oublie jamais que le sang colle les ailes et que voler est notre unique raison d'exister. Ne troque jamais un possible à contrecœur. Ceux qui exigeront de toi un tel sacrifice seront tes véritables sources de migraine. Pour le reste, tu t'en sortiras très bien, regarde le chemin que tu as déjà parcouru. Tandis que le possible aux cuisses rougies disserte, Blanche se demande si Mick Kelly aussi a ses règles et depuis combien de temps.

Elle se prend d'affection pour une fille de sa classe, une multiredoublante, pas du tout le genre Mick Kelly. Plutôt une de ces filles qu'on croise dans les romans de Scott Fitzgerald mais qui serait née comme elle dans les années

1940. Hélène adore les chapeaux, les lunettes de soleil, le tissu Vichy, les boucles d'oreilles en forme de losanges et le magazine *Elle*. Sa famille est l'une des plus riches d'Annecy et elle a ses entrées partout. En échange de services rendus à sa nullité scolaire, Hélène invite Blanche aux soirées qui d'ordinaire ne s'embarrassent pas des spécimens au physique quelconque et aux parents sans fortune. Hélène fume, boit, pratique l'aviron, le ski et le tennis. Les amis d'Hélène n'ont pas grand intérêt mais ils sont beaux, riches et bien habillés. Leurs soirées sont remplies de boissons délicieuses et ils possèdent tous les vinyles qui passent à la radio. À partir d'une certaine heure, sous un ciel nocturne dégagé, en plissant les yeux, Blanche se croirait dans *Gatsby le Magnifique*, bien que les costumes et la musique soient différents. Ses chances d'intéresser un garçon sont pratiquement nulles mais ça lui est égal. Elle aime sa position d'amie discrète et mal fagotée, de faire-valoir d'une Hélène éblouissante. Ce poste lui offre un point de vue unique sur un monde qui n'est pas le sien et dont elle ignore tout. Elle va jusqu'à inventer un mot pour décrire cette position privilégiée devant une assemblée en effervescence qui ne s'intéresse pas à elle : elle *soirote*. Elle feuillette les pages d'un livre vivant, jouit d'une vue imprenable sur les filles qui se déhanchent au son des chansons à la mode, celles vautrées dans les canapés, celles qui cassent du sucre sur le dos des autres, celles qui flirtent avec ou sans la langue, celles qui pleurent dans l'ombre et se gavent au buffet. Parfois, une soirée entière se déroule sans que personne ne lui adresse la parole. C'est épatant.

Question garçons, elle fait le distinguo entre les authentiques séducteurs et les dragueurs à l'artisanale, les frimeurs, les bagarreurs, les timides pathologiques et cet étrange énergumène qui dans l'ombre conserve la main gauche dans la poche, dissimulant à peine une érection. Ce faisant, elle peut à son gré étudier le comportement de ses propres organes (qui depuis quelque temps prennent les décisions à sa place), se laisser porter là où son désir l'entraîne, sentir son corps se contracter, sa vulve irradier et trois milliards de libellules s'envoler dans les cavernes de son ventre. Elle aime la façon dont son plaisir s'empare d'elle sans qu'elle ait autre chose à faire qu'à regarder le monde vibrer autour d'elle. Elle aime le travail lent et minutieux de l'observation, les préliminaires de cinq cents pages, les rêveries qui n'en finissent pas.

Avec Hélène, elles parlent librement de sexe et pimentent leurs conversations des expériences qu'Hélène collectionne. Les cas d'étude s'appellent Jean-Christophe, Marc-Philippe, Pierre-Alain, Stéphane. Parmi les garçons auxquels son amie ne s'intéresse pas, Blanche a remarqué un grand costaud volant au secours des uns et des autres, portant les casiers de bières et autres ravitaillements, remplaçant une ampoule, réparant la sono, fixant un pied de table et jouant sans transition le rôle d'arbitre quand survient une bagarre. Un hyperactif que ses congénères traitent à la fois en ami, en domestique et en homme de main. Quand un de ses alter ego lui adresse l'accolade, lui glisse un mot à l'oreille ou le prend à parti, son visage s'illumine. Puis il réinvestit la tâche en cours et son regard reprend une teinte sombre et préoccupée. Il serait exagéré de dire qu'il ressemble à Leo et pourtant c'est bien à lui que pense Blanche en le voyant aller et venir. Cette façon d'être là sans être là. Ces gestes téléguidés. Blanche se demande combien de casquettes il porte simultanément. Bien qu'il s'incarne très clairement en champion du bricolage, il appartient à une des fratries les plus aisées d'Annecy (elle s'est renseignée). Dans sa chemise grossière à carreaux, au col mal repassé, qu'il porte avec une absence de coquetterie proche de la perfection, il est leur couteau suisse. Quand les autres semblent placer toutes leurs ambitions dans une sacro-sainte mèche frontale se mouvant au rythme que leurs pas, mèche faussement rebelle qui leur barre la moitié du visage et les enquiquine si bien qu'ils n'ont de cesse de la repousser et contractent strabismes, tics et torticolis, lui a les cheveux coupés en brosse. À l'endroit où leur nuque sent affreusement l'after-shave, Blanche imagine qu'il ne porte que sa sueur et que celle-ci est délicieuse.

– On dirait qu'il t'intéresse.

– Qui ça ?

– Émile.

– Ah, lui ? Pas du tout.

– C'est le petit frère de Martin et Clément, les fils du notaire. Sa mère travaillait chez eux et quand elle est morte, les Favre l'ont adopté. Je te préviens, ce n'est pas un cadeau. Son tuyau d'arrosage est en panne. Il ne s'intéresse pas aux filles. Crois-moi, j'ai essayé.

Pendant que Blanche *soirote*, Justine compile les brouillons. Elle a toujours pensé que par écrit ce serait plus facile. Elle veut que Blanche comprenne les circonstances dans lesquelles, les circonstances qui, que, dont, auxquelles. Déjà son écriture ralentit, sa pensée se délite, son énième brouillon est voué aux oubliettes. Elle s'assure n'en avoir égaré aucun par négligence, dans un coin, sous le lit. Le miroir de la coiffeuse ne lui renvoie déjà plus qu'une moitié de visage. La meilleure partie d'elle-même a disparu.

Au prix d'efforts considérables, elle plonge le bras jusqu'au coude dans le tiroir secret et en extrait les chaussons. Ils n'ont jamais été portés, sont aussi propres que le jour où elle les a trouvés dans le landau. Ces temps derniers, elle fatigue, elle ne perd pas la mémoire mais ses souvenirs ont tendance à ressembler à un tas de linge sale au sommet duquel ces chaussons immaculés constituent l'ultime point de repère. Elle va récupérer le livre sous l'oreiller de Blanche. Sa couverture a souffert, le cuir lisse et impeccable a desquamé.

Un instant, l'idée la traverse qu'il ne s'agit pas du même livre. Celui-ci semble plus épais et plus lourd. Par acquit de conscience, elle consulte le titre. Dans l'état désastreux où il se trouve, la moindre variation a tendance à se transformer en montagne. Elle l'ouvre et le respire. Elle est frappée par la graisse des caractères. Dans son souvenir, ils étaient plus petits. Elle s'arrachait les yeux à les déchiffrer, devait se placer sous l'ampoule afin de poursuivre sa lecture. Elle avait fini par remarquer les phrases soulignées à la pointe fine et émis l'hypothèse (jamais vérifiée) qu'elles étaient destinées à un réseau de résistance au même titre que, plus tard, *les chants les plus désespérés* empruntés à Musset et le *bercent mon cœur d'une langueur monotone* de Verlaine qui annonceraient le débarquement des forces alliées en Normandie.

Elle se rend à la dernière page et lit, stupéfaite : *Achevé d'imprimer sur les presses de l'imprimerie moderne, 177, avenue Pierre Brosselette, à Montrouge en août mille neuf cent quarante-huit.* Ça au moins, ça a le privilège d'être clair. Le livre qui se trouvait dans le landau en 1942 n'a pu être imprimé en 1948. Non, bien sûr, il ne s'agit pas du même livre, elle déraille. Ce n'est pas comme si elle avait lu l'original en vitesse, elle l'a pratiquement appris par cœur, l'a déclamé à voix haute une bonne centaine de fois. Elle le remet sous l'oreiller de Blanche, prend un cachet et va se coucher.

Lorsque Blanche lui annonce ses résultats scolaires (elle a passé le Baccalauréat avec mention très bien après avoir sauté deux classes), Justine fond en larmes. Elle pleure sa mission terminée. Il faudra que Blanche se débrouille. À présent, elle voudrait dormir et ne plus se réveiller. Ses batteries sont plates. Son cœur se détraque. Son sang caille. Elle n'entend plus leurs voix, leurs rires, leur intelligence, leur loyauté, leurs opinions politiques. Leurs visages se sont entièrement effacés.

– Quelles études souhaites-tu entreprendre ? demande-t-elle en ravalant un sanglot.

– Maman, pourquoi pleures-tu ? Ce n'est rien de plus qu'un diplôme.

– Tu ne vois donc pas ? Je me suis battue pour que tu aies le choix. As-tu pensé à ton avenir ? Tu pourrais devenir ingénieure, scientifique, littéraire, historienne…

– Je ne comprends pas, maman. Parce que j'ai des facilités, je serais en dette ?

Blanche a raison, elle ne doit rien à personne, absolument rien, Justine vient de s'en souvenir, mesurant à quel point les vallées désertes où elle rôde sont mauvaises conseillères.

L'excès de choix étant mère de l'indécision, Blanche ne veut pas précipiter les choses. L'état de santé de sa maman la préoccupe. Elle souhaite prendre son temps, attendre que sa mère aille mieux avant de choisir une université, de déposer demandes de bourse et dossiers d'éligibilité. Après tout, elle a deux ans d'avance sur toutes les filles qu'elle connaît. Dans un premier temps, elle veut travailler dans un magasin du centre-ville spécialisé dans le matériel de pêche. L'idée lui a été soufflée par son amie Hélène. Émile, le frère dévoué de la fratrie Favre, y est magasinier. Les Favre sont propriétaires des murs. Le gérant, un homme populaire dans le centre-ville, cherche du renfort pendant l'été. De juin à septembre, la boutique se remplit de touristes amateurs de pêche au brochet se prenant tous pour le capitaine Achab. Ils sont français, anglais, allemands, italiens et, si Émile est débrouillard en tout, dans les langues étrangères, il est nul et perd ses moyens. Quand il ne comprend pas, son sang s'échauffe et il se vexe. Blanche serait le renfort idéal, elle remplirait les bordereaux de garantie, lui servirait d'interprète, exercerait sur lui une bonne influence et deviendrait (si toutefois elle consentait à sortir avec lui) la belle-sœur d'Hélène puisqu'Hélène a l'intention de se fiancer avec Clément ou

Martin, elle n'a pas encore décidé.

Blanche se présente au magasin peu avant l'ouverture. Elle est accueillie par le patron, un homme affable dans la quarantaine. Elle a pris soin de préparer un argumentaire : elle est quadrilingue, forte en calcul, attentive, disciplinée, disponible tout l'été et s'y connaît en poissons. Quand elle était petite, son père lui a offert un livre sur les poissons de la mer des Caraïbes… Argumentaire qui se révèle parfaitement inutile. On sait déjà. Ici, tout se sait, y compris ce que vous ne savez pas encore à propos de vous-même.

Ils font ensemble le tour du magasin et de la remise. Un garçon en chemise à carreaux et en blue-jean entre dans la boutique. Elle ne le reconnaît pas tout de suite. Son haleine sent le fond de bouteille et le tabac froid. Il arrive avec une grosse demi-heure de retard. Le patron lui explique qu'on ne se pointe pas comme ça, à heures variables, sans avoir pris la peine de se changer. Un minimum de correction est exigé. On n'est pas des voyous, on est des spécialistes de la pêche lacustre.

Quand enfin elle le reconnaît, elle découvre un jeune homme très différent de celui qu'elle a croisé dans les soirées, plus amusant, moins servile, prompt à grimacer dès que le *boss* a le dos tourné. Ici, Émile est chez lui, le magasin est son royaume et il y fait preuve d'une grande assurance. Il est intarissable quand il s'agit d'expliquer la fonction d'un produit, d'en décrire les points forts et les points faibles. Elle pressent qu'à deux, ils pourraient incarner le vendeur parfait. Elle découvre les tiroirs remplis d'articles aux noms rares. Chaque nouvel objet lui apparaît sous la forme d'une petite révolution susceptible d'améliorer le monde. Elle est séduite par la variété des tâches qui lui sont proposées : ranger, étiqueter, emballer, remplir des coupons, émettre des factures, être interprète, rendre la monnaie, rencontrer de nouvelles personnes, servir et conseiller. Ce magasin est un peu comme le café de Biff Brannon, un lieu propice aux rencontres, où chaque humain est un livre. Mais la véritable raison de son engouement est Émile qui semble tout savoir des espèces halieutiques qui peuplent les eaux de la région et dont les plus connues sont le brochet, l'omble chevalier, la tanche, le chevesne, la truite lacustre. Blanche n'a qu'à fermer les yeux pour se retrouver sous l'eau. Sous l'eau, son imagination fertile entrevoit de possibles hommes-grenouilles au sexe-harpon, aux nageoires fluorescentes et à la peau constellée d'acné qui feraient fuir les créatures de Jérôme Bosch.

À l'heure du déjeuner, tandis que le patron monte aux étages s'offrir une sieste, Émile emmène Blanche dans la remise. Grisée par son odeur avinée mêlée de transpiration, séduite par le parfum de tabac froid dans ses cheveux, elle se colle à lui et introduit la langue dans sa bouche, à la plus grande satisfaction de la petite confrérie des possibles de la désobéissance retranchés derrière les tonnes de marchandises entreposées dans la remise et dont on se demande comment elles s'y prennent pour sautiller toutes seules.

L'après-midi se passe dans un calme relatif. Dans l'euphorie de son dépucelage, Blanche travaille le sourire vissé aux mâchoires. Elle imagine chaque nouveau client dans d'inextricables positions et d'impossibles débauches orgiaques, élargissant sans cesse la fresque d'une ère nouvelle. Que ce monsieur venu s'équiper en vue du prochain concours de pêche au brochet ou cette femme teinturière qui passe en coup de vent ou encore ce grand chauve pressé d'acquérir de nouvelles bottes en caoutchouc *l'aient fait* ou l'envisagent plus tard dans la journée, la sidère. Elle comprend mieux pourquoi le monde tient ensemble. Elle se réjouit de ce qu'une expérience aussi extraordinaire que les rapports sexuels constitue un droit universel, soit à la portée des laids comme des beaux et adoucisse quelque peu la cruauté du monde. En résumé, le sexe est la plus belle chose qu'elle ait jamais connue.

L'expérience du magasin infuse. Avec Émile, ils se comprennent. Leurs corps se trouvent facilement dans l'obscurité. En pleine lumière, ils font mine de ne pas se connaître. Leurs gestes sont fluides, leurs déplacements, chorégraphiés. À moins de les suivre pas à pas, il est impossible de deviner ce qu'ils complotent. Blanche, qui ne s'est jamais sentie chez elle en ce monde, découvre un nouveau sentiment : celui d'appartenance. Dans les bras d'Émile, elle entrevoit la possibilité de se fixer et pourquoi pas, de prendre racine. Il devient son dictionnaire, sa cinquième, sa sixième langue. Il devient sa terre fertile.

Le jour de son anniversaire, elle lui offre *Gatsby le magnifique* de Scott Fitzgerald. Émile ne craint ni les vipères aspics ni les chacals dorés mais ouvre des yeux stupéfaits devant la petite brique de papier dont la couverture montre un couple en train de danser. On dirait qu'on lui offre une tarentule. Il prend Blanche à part, l'emmène dans la remise, mais, cette fois, pour lui parler. Il lui rend son cadeau avec morgue. Il ne lit pas, est-ce clair ? Ça s'est très mal passé à l'école. Il a pris cher avec les profs. Petit, il a été moqué et ses frères ont été ses premiers bourreaux, ils lui ont refilé les rôles les plus pourris dans les pièces de théâtre. S'il avait existé, le rôle du fromage dans la fable de Lafontaine aurait été pour lui. Dans sa famille, il ne compte plus les humiliations à la grande table du jugement dominical. Ses parents l'ont envoyé en pension, pensant améliorer son niveau scolaire. L'exact contraire s'est passé : il y a vécu les pires années de sa vie. Alors, si le projet de Blanche est de le transformer en singe savant, elle a tout faux ! Voilà. Maintenant, elle sait !

Tout le reste de la journée, il se mure dans le silence et revient le lendemain au magasin comme si cette conversation n'avait jamais eu lieu. Il n'est pas revanchard et Blanche croit lire dans son absence de rancune un signe encourageant. Leurs corps reprennent les pourparlers. Les dindes volantes sont au rendez-vous.

Blanche est conviée à un déjeuner dominical dans la pure tradition des Favre. Le jour du Seigneur, les fêtes chrétiennes, les diplômes, les médailles, les Chamois d'or, les fiançailles, les noces de coton, de bois, d'étain, les baptêmes et les anniversaires sont célébrés autour de la légendaire table en chêne à l'extrémité de laquelle siège Alphonse Favre, notaire, troisième du nom, père de Martin, Clément et Émile Favre. D'un seul tenant et pratiquement sans nœuds, cette table peut accueillir jusqu'à vingt-quatre convives dans les grandes occasions. Le reste du temps, elle dessine l'architecture mentale de la famille : Martin, l'aîné, occupe la place à droite de son père, en successeur désigné. Clément, le cadet, est assis à gauche de son père et à droite de sa mère, Solange. Viennent ensuite Émile et le vide abyssal. Solange n'a jamais compris pourquoi Alphonse tient absolument à prendre ses repas autour d'une table aussi gigantesque quand ils sont cinq. Si ce meuble est la preuve d'un incontestable savoir-faire des ébénistes locaux, elle est inadaptée à la vie moderne.

Blanche est impressionnée par la vaisselle et le mobilier. Quant à l'odeur de naphtaline, elle ouvre une brèche d'imperfection qui n'est pas désagréable : les mites semblent apprécier cet endroit, indifférentes aux privilèges, aux rangs et à la lutte des classes.

Une fois installés, les fils sont soumis à l'immuable questionnaire. Alphonse lance un « Alors ? » qui contient tous les alors possibles. Alors, quoi de neuf, qu'ont-ils appris aujourd'hui, comment ont-ils l'intention d'entrer dans l'Histoire, comment comptent-ils lui rendre cette journée inoubliable, comment entendent-ils le séduire par leurs exploits passés, présents et futurs ? Martin, l'aîné, est un fils exemplaire. Il compile des études de droit et un entraînement sportif intensif. Il vise les prochains Jeux olympiques d'hiver, catégorie ski alpin. Il est ce qu'Alphonse appelle un bon élément. Clément, le challenger, n'a, par sa position de cadet, d'autre choix que celui de surenchérir, d'user de son charme et de son inventivité pour impressionner le père (qui s'est marié sous la contrainte avec la très discrète Solange) par le biais d'anecdotes désopilantes et de conquêtes susceptibles de nourrir les fantasmes d'une lignée blonde, grande et toujours plus fortunée.

– Je sors avec Hélène Grand-Tonnerre.

– Au moins une bonne nouvelle ! se réjouit Alphonse. Martin, tu devrais prendre exemple sur ton frère.

Sachant qu'Hélène Grand-Tonnerre n'a d'yeux que pour lui et qu'à l'issue d'un marché durement négocié, il a cédé sa place à Clément, Martin l'a mauvaise. Enfin, lorsqu'affamé, tout le monde empoigne sa cuiller et entame le velouté de potiron, arrive le tour d'Émile.

– Eh bien, Émile, on ne t'entend pas. Qu'attends-tu pour nous présenter la charmante demoiselle assise à tes côtés ? Blanche Minelli, c'est bien votre nom ? Vous ne ressemblez pas à une Italienne. Quand vos parents sont-ils arrivés dans notre beau pays ?

– Maman est annecienne.

– Ah ! ça change tout.

La présence de Blanche questionne. Quelles qualités une jeune fille de condition modeste mais brillante à l'école peut-elle trouver chez cet abruti d'Émile ? C'est forcément l'argent qui l'amène. Le prestige du nom. L'étude notariale. Envisage-t-elle d'embrasser des études de droit ? Quel genre de Française est précisément sa mère dont les parents et le frère ont été décorés à titre posthume pour actes de Résistance ? Blanche s'apprête à répondre, mais la main d'Émile sur son genou lui intime de se taire. Alphonse Favre n'attend que ça : être mis au défi. Déployer la phase deux de son programme d'inquisition. De toute façon, Alphonse s'est renseigné sans quoi Blanche ne serait pas assise à cette table. Et il en a conclu qu'une alliance (certes tardive) avec la Résistance serait la bienvenue et redorerait le blason d'un *favrisme* complaisant pour ne pas dire collaborationniste. Une petite-fille de Résistants ferait taire les mauvaises langues, ouvrirait de nouvelles portes, attirerait une nouvelle clientèle. Les gaullistes sont des propriétaires immobiliers comme les autres. C'est à la suite de ce type de calcul qu'on finit par hériter d'un beau-père collabo et despotique, d'une belle-mère soumise et de deux beaux-frères obséquieux dont les dents rayent le parquet. À part dans le rôle de la quiche, on voit mal à quel titre une femme serait invitée à la table des Favre.

- 4 -

Ces pas pressés sur le carrelage, c'est Blanche dans le grand hall de la piscine municipale. Elle avance les yeux baissés, montre son abonnement à l'employée, franchit le tourniquet, croise un maître-nageur, un homme d'entretien, feint de chercher quelque chose dans son sac. Elle est venue à la piscine incognito. Personne ne doit se demander si avant d'entrer dans l'eau elle passe ses plantes de pieds sous le jet-mousse anti-verrues réglementaire, quelle marque de maillot de bain elle porte, quelles sont ses mensurations, dans quelle boutique elle se procure ses palmes, ses lunettes, son bonnet, quel couloir elle emprunte, combien de longueurs elle effectue, quelle est sa nage de prédilection. Encore quelques mètres et elle sera aux abris, entre les fines cloisons de la cabine de change, au calme. Elle prend un porte-habits numéroté (de préférence avec un 4 dedans : 141, 144, 492, simple superstition). Elle se passerait volontiers de cet objet hybride à la croisée du filet de pêche et du porte-manteau. Il est très encombrant.

Elle choisit une cabine en fonction des plafonniers. Il lui faut un bon éclairage, pas un de ces néons tremblotants produisant des bruits d'abeille. La porte se verrouille en rabattant la tablette. Elle dépose le porte-habits sur le sol afin qu'on sache la cabine occupée, range son manteau sur le porte-habits, sort de son sac un coussin qu'elle glisse sous ses fesses et s'installe, le dos contre la paroi, les jambes allongées. Il fait 25°C. L'air est moite. On croirait respirer de l'eau. D'autres portes s'ouvrent et se ferment. La climatisation ronronne. Au loin, des cris d'enfants et de maître-nageur, des sons aquatiques ricochent.

Elle sort son livre de son sac, plonge dans l'encre, descend par paliers dans le texte. Déjà, les bruits provenant du bassin ne l'atteignent plus. Elle est prête à changer de nom, de famille et d'espèce. À être un rocher, une planète. À parler une langue morte ou inventée. À se convertir à de nouvelles religions. À peupler des pays qui n'existent pas encore. Au bout d'une heure environ, elle remonte à la surface, là où désormais on lui donne du madame Favre par-ci, du madame Favre par-là. Son estomac gargouille. Elle rassemble ses affaires, sort de la cabine, va rincer son maillot d'un chlore imaginaire dans les lavabos, repasse le tourniquet, tourne le dos à la guichetière et quitte le bâtiment. De retour chez elle, elle suspend son maillot sur la corde à linge. Sans chercher la confirmation d'une baignade, la rougeur dans ses yeux, les rides dans ses doigts, Émile sourit. Ma foi, si la natation peut la rendre heureuse.

Depuis qu'ils ont emménagé au-dessus du magasin, lire est devenu plus compliqué. Émile ne le lui interdit pas formellement mais sa désapprobation est partout. À peine a-t-elle un roman entre les mains qu'il se découvre une écharde dans le gros orteil ou une poussière dans l'œil nécessitant une intervention immédiate. Chaque page lue est du temps qu'elle lui vole. Même endormi, il semble contrarié de la savoir peut-être en train de bouquiner.

Ils dorment ensemble mais ne font pas l'amour. D'abord nourrie par la nouveauté, le danger, la proximité des stocks de cannes à pêche et des clients, leur attirance mutuelle s'est transformée en apathie polie quand ils ont eu un lit. D'une certaine façon, ça arrange Blanche. Elle ne veut pas d'enfants, elle a déjà sa mère.

Depuis la dépression qui a failli l'emporter, Justine touche une pension d'invalidité. Elle prend un traitement efficace qui lui offre de longues périodes de répit.

À la surprise générale, Clément n'a pas épousé Hélène Grand-Tonnerre. Il a fait le choix de la prudence en la personne de Stéphanie, une jeune fille comme il faut, un peu moins jolie, un peu moins argentée, un peu moins tout, mais tellement plus rassurante.

En devenant pères, les deux frères d'Émile ont déplacé le centre de gravité de la grande table du jugement dominical. Il se trouve désormais du côté des femmes, Stéphanie et Marianne, qu'ils ont épousées. Leur progéniture sur les genoux, elles se laissent gouverner par Solange. Maintenant, les questions sont : « Combien pèse-t-il ? » « Fait-il ses nuits ? » « Quel lait lui donnes-tu ? » ou « Alors, Blanche, quand est-ce que tu nous fais un beau petit Favre ? »

Ce n'est pas que Blanche déteste les enfants, non, elle les trouve adorables mais comment expliquer à ce commando de mamans que ce n'est pas sa priorité, qu'elle donne toute son énergie à sa mère et à Émile, oui, Émile qui se dérobe et la laisse gérer seule ses beaux-parents, Émile qui détourne la tête, quitte la table à la moindre occasion pour aller réparer un store, mettre de l'huile dans une serrure, vérifier les plombs à la cave. Le seul endroit où il ne se dérobe pas est le magasin. Là, il retrouve un sens à sa vie, il est comme ça, Émile, il a besoin d'être aux commandes, la conversation n'est pas son fort. Ce n'est pas comme si Blanche avait été volée sur la marchandise, elle l'a choisi en connaissance de cause et aime toujours s'endormir dans son odeur. De temps en temps, elle a son amie Hélène au téléphone. Hélène habite à présent à Los Angeles. Elle ne remerciera jamais assez Blanche de lui avoir ouvert les yeux. Clément était un petit d'esprit, un bon catho bien hypocrite et bien propre. Elle n'ose imaginer à quoi aurait ressemblé sa vie si elle n'avait pas rompu avec lui pour vivre aux États-Unis.

– C'est formidable, s'enthousiasme-t-elle, ici, personne ne s'immisce dans mes affaires, ma vie m'appartient et il ne tient qu'à moi de l'écrire.

– Comme je t'envie.

– Et toi, comment vas-tu ? Es-tu heureuse avec Émile ?

Blanche prend toujours la défense d'Émile. Elle ne veut pas ajouter d'eau au moulin du grand tribunal familial. Elle ne veut retenir que ses qualités, son incontestable bonne volonté, son esprit d'initiative, son enthousiasme à réparer la moindre avarie. Quand le boss prendra sa retraite, Émile deviendra le patron du magasin. Il élargira son champ d'activité à la randonnée et à l'escalade, peut-être même au ski alpin. Ses frères, ses cousins, ses neveux et nièces pourront venir se fournir chez lui. Contrairement aux apparences, Émile est partageur. Il emmène Blanche en randonnée, lui montre des merveilles. Cet été, ils iront à la Croix de Cassini.

– Il t'a complètement retournée, ma parole. Tu es sûre de vouloir passer ta vie avec lui ? Si c'est l'argent qui pose un problème, je te paie le billet d'avion et tu me rembourseras plus tard.

Quand la conversation se termine, Blanche reste un moment flotter dans un Los Angeles intermédiaire, quelque part entre l'état des lieux dithyrambique dressé par Hélène et les impressions de lecture laissées par John Fante dans *Demande à la poussière*.

Certains soirs, Émile sort boire des coups. Tant qu'il rentre à la maison, Blanche n'y voit pas d'objection. On a tous besoin d'une petite cabine de décompression, pas vrai ? Elle préfère le voir souriant et ivre que sobre et enragé. Seul bémol : l'alcool l'enhardit, l'encourage à venir voir ce qui se trame de son côté du lit. Il suffirait d'une fois, une toute petite fois pour lancer la machine, fabriquer un petit en chemise à carreaux, champion de la rando et réparateur hors pair. Perspective terrifiante !

Deux fois par jour, Blanche s'échappe du magasin et rend visite à sa mère. Quand sa fille est partie vivre avec Émile, Justine a définitivement perdu le sommeil. La nuit, les pensées fourmillent, les phrases coulent en fontaines, elle cherche son carnet, prend fébrilement des notes. Le matin, tout est confus. Elle a du mal à se relire. Elle était pourtant si près du but. D'autres fois, elle s'assied devant sa coiffeuse, un stylo à la main. Elle attend que les mots se précisent et remplit des feuillets qu'elle range ensuite dans le tiroir qu'elle verrouille à double tour. Elle s'est promis de ne pas quitter ce monde sans avoir expliqué à Blanche d'où elle vient et pourquoi son père est parti.

Blanche s'échine à lui faire avaler quelque chose, crème brûlée, chips de pomme de terre, hamburger, toutes les recettes à la mode y passent. La cuiller peine à franchir la barrière des lèvres. Alors Blanche insiste, Blanche s'énerve, la cuiller cogne les incisives, c'est atroce, on dirait un viol par nourriture, un viol en miroir qui fait écho à la manière dont Justine s'escrimait à la nourrir bébé avec la même intention de la sauver.

– Maman, je peux m'occuper de toi, mais manger à ta place, c'est impossible !

– Je veux partir.

Partir. Ce n'est évidemment pas ce qu'elle veut dire. Elle mène un combat constant contre ses monstres tristes. La parole est incontestablement inférieure à l'écrit. Elle va écrire à Blanche. Elle va encore essayer.

Justine entre dans la chambre de sa fille, restée intacte depuis le départ de celle-ci. Elle récupère le livre sous l'oreiller, le respire, en lit quelques passages à voix haute, assise au bord du lit, comme si Blanche l'écoutait. Elle le referme et est suffoque : la couverture semble avoir été dissoute dans l'acide. Elle est devenue tellement fine qu'on voit au travers. La page de garde cherche à s'imposer, dévoilant une illustration à l'encre de chine représentant... quelle illustration ? Il n'y a jamais eu d'illustration ! Le petit raton laveur, symbole de la maison d'édition, a disparu. Des chiffres arabes ont remplacé les chiffres romains en tête des chapitres. Il y a forcément quelqu'un à la manœuvre. Les livres ne prennent pas seuls l'initiative de quitter leur éditeur, de se débarrasser de leur couverture ou de se doter d'illustrations. Voilà comment elle va procéder : elle va confier l'ouvrage à un professionnel, lui demander de le restaurer de toute urgence, ou envoyer Blanche avant qu'il ne s'émiette. Sa fille devrait arriver d'un moment à l'autre, on est samedi et le samedi, elles prennent le petit-déjeuner ensemble, elles vont au marché acheter des provisions pour la semaine. Justine enfile une robe, se coiffe, rassemble ses cheveux dans un foulard, se risque à un trait de maquillage. Elle veut être présentable. Quand Blanche arrive, un chiffon de tristesse dans la gorge, elle lui dit :

– Ma chérie, j'ai quelque chose à te demander. Je voudrais que tu ailles chez un relieur apporter ton livre. J'ignore comment c'est arrivé, mais il est dans un état épouvantable.

– Mais qu'est-ce que tu racontes, maman ? Il est parfait.

– Ah bon ? Montre voir. Comment est-ce possible ? J'aurais juré...

1972

- 5 -

À la naissance, Cécile possède dix ravissants orteils répartis de façon équitable sur deux pieds dodus et légèrement en dedans. Des pieds qu'on ne peut qu'embrasser. Ses cuisses minuscules forment d'adorables parenthèses entre lesquelles apparaît le contenu de ses couches dont la couleur et l'odeur inqualifiables sont aussitôt pardonnées par une voix cristalline empruntée aux oiseaux. Ses cheveux blond foncé et ses joues bien potelées font dire à son père « c'est moi tout craché » sans qu'aucune photo de lui au même âge n'en atteste. Émile est fou de sa gamine et ne se serait jamais cru capable d'aimer à ce point. Il l'emmène partout, récolte les compliments adressés à sa beauté, à son tempérament vif et perspicace, à son génie précoce. Pressé de la voir se tenir debout sans l'aide de personne, de la voir marcher, courir, galoper, monter sur un vélo, des patins, une trottinette, des skis, un poney, une barque (à croire qu'il ne vit désormais que pour lui transmettre le principe de locomotion), Émile fait de Cécile une hyperactive à son image qui avant de dire *maman* ou *papa* dit *vroum vroum* et *pimpon*. Heureusement, Blanche est là pour élargir le champ de son vocabulaire. Blanche qui, durant neuf mois, a potassé les manuels de pédagogie en vogue qui conseillent de ne pas infantiliser les nouveau-nés, de les traiter comme des personnes à part entière à qui il convient de fournir des explications. Cela donne *grosso modo* ceci :

– Cécile, mon trésor, nous allons sortir te promener dans ta poussette le long des canaux d'Annecy, chef-lieu du département de Haute-Savoie.

– …

– Ma chérie, il fait un vent glacial aujourd'hui et bien que le thermomètre indique 11°C, nous allons mettre nos moufles, nos écharpes et nos bonnets, qu'en penses-tu ?

– …

– Cécile, mon trésor, le pain obstrue les voies digestives des cygnes, nous n'allons pas leur donner du pain, nous allons les laisser se nourrir par leurs propres moyens, d'accord ?

– Un quigne…

– Un cygne, ma chérie, comme dans cy-clisme, cy-stite, cy-anure et cy-près.

Là où (d'après Émile) une bonne claque ferait parfaitement le boulot, Blanche préconise la parole, le dialogue, l'explication, l'enseignement de l'orthographe, de la grammaire et de la chimie organique :

– Cécile, ce ne sont pas des aliments, ce sont des excréments, veux-tu bien les sortir de ta bouche, tu vas t'empoisonner.

– Caca.

– Voilà, quand tu as compris cela, tu as tout compris.

Lorsque leur second arrive (un garçon), un glissement s'opère. Veillant à ne pas s'occuper de l'un au détriment de l'autre, soucieuse à ne pas brader la place de l'aînée, Blanche place Cécile au cœur de l'action tout en s'adressant directement à son deuxième né :

– Jean, mon amour, Cécile va conduire ta poussette.

– …

– Jean, mon trésor, Cécile va te donner ton goûter. D'accord, Cécile ?

– Maman, il refuse de manger son goûter.

– Jean, mon trésor, Cécile va te donner le bain.
– Maman, il mange son caca.
– Et ôter le caca de la baignoire. Voilà. Bravo, Cécile.

Agissant de la sorte, Blanche fait involontairement le contraire de ce qu'elle a en tête. Plutôt que de hisser Cécile au rang de superhéroïne, elle la relègue aux tâches éducatives et domestiques, en fait l'alliée inféodée d'un petit frère qui n'a rien demandé. Les principes pédagogiques en vogue sont à manier avec précaution. Sans en avoir conscience, Blanche s'adresse à ses enfants dans deux langues distinctes. Frère et sœur forment désormais un tandem dans lequel il est entendu que la grande n'a plus d'existence propre et qu'il lui revient d'assurer la survie de son frère, ce qu'apprécie Émile jusqu'à un certain point. À ses yeux, si c'est bien au garçon de prendre l'ascendant sur la fille, la leur de fille a toutes les qualités d'un garçon. Un garçon manqué, comme on dit. En comparaison, Jean est une vraie gonzesse. Il pleurniche, s'enrhume facilement. Le moindre courant d'air a tendance à le mettre K.-O. Des couloirs de morve lui dégringolent du nez en permanence, c'est pathétique. Il a bien l'intention de l'endurcir, d'en faire un champion, un Maurice Herzog, un Cassius Clay mais pour ça, encore faudra-t-il qu'il ait son mot à dire. Faute de mieux, il l'affuble de surnoms, se frappe la poitrine et l'appelle mon Tarzan, mon gorille, mon champion, mon Hercule, mon caïd, mon bandit, ma crapule, mon salaud, mon brigand, ma canaille, espérant le vacciner contre ses penchants féminins. Ou fait mine de lui envoyer un uppercut bien senti dans l'estomac censé déclencher chez le petit une riposte virile. Mais depuis sa poussette, cette fripouille le regarde avec une maturité qui fout les jetons. À dix-huit mois, Jean en paraît déjà trente.

Blanche et Émile sont comme deux baffles diffusant deux musiques distinctes jouées par deux orchestres indépendants bombardant les oreilles des enfants en simultané. Quand le ton monte, Blanche se réfugie à la cuisine et Émile, derrière son *Dauphiné libéré*. Les enfants se retrouvent alors devant la nécessité implicite de choisir un camp : envers qui être loyal ? Les crêpes au sucre ou le *Dauphiné libéré* ?

Dans la chambre des enfants, Blanche a installé une petite bibliothèque. Parmi les ouvrages illustrés racontant la vie des arbres et des animaux, des humains et des monstres, entre les contes de Perrault et ceux des frères Grimm, au-dessus des histoires du loup Isengrin et de l'éléphant sans mémoire, deux étages sous les légendes nordiques, africaines et hellènes, Blanche a glissé le livre des possibles. Il est très amoché. Sur ce point, sa mère avait raison. Mais Blanche ne voulait pas l'attrister. La reliure en fil de coton tient à peine les pages ensemble. Si elle était croyante, elle dirait « par la volonté du Saint-Esprit ». L'important est que toutes les pages s'y trouvent et qu'il reste d'une farouche actualité.

La fonction des histoires saute moins aux yeux que celle d'un grille-pain, d'un chauffage central ou d'une tondeuse à gazon et pourtant elles nous sont absolument indispensables et nous caractérisent, nous, les humains. Nous sommes l'espèce qui raconte, explique-t-elle à ses enfants. Raconter est notre principale arme de survie. Les histoires n'apportent jamais de réponses fermes et définitives à nos problèmes (elles auraient même tendance à les compliquer) mais nous ne pouvons pas nous en passer. Blanche n'hésite donc pas à remplir leur chambre d'histoires et parmi elles, celle des possibles occupe une place centrale.

Si Cécile a constamment la bougeotte, Jean est plus sédentaire. Fasciné par les livres et les illustrations naturalistes, il développe une mémoire visuelle extraordinaire. Il préfère les animaux de papier à ceux de chair et d'os, de poils et de plumes, de nageoires et d'écailles que son père lui dépose sur la tête quand ils partent en randonnée. Émile entend initier ses enfants à la vie au grand air, les met au défi d'avaler des chenilles, d'embrasser des couleuvres, de saupoudrer des limaces de sel de cuisine et de les regarder se consumer dans d'atroces convulsions fumantes sous l'effet du chlorure de sodium. Ces expériences laissent Jean sans voix. Mais Cécile joue le jeu. Elle ne veut pas que son frère s'affole, cela encouragerait leur cinglé de papa à les soumettre à des expériences toujours plus cruelles. Afin de couper court à la surenchère, elle se porte volontaire en toute occasion, transforme sa chevelure en centre d'accueil pour araignées, avale des rations doubles de chenilles et concentre sur elle toute l'attention. Dès qu'ils sont en âge de le suivre, Émile les emmène sur les sentiers que plus jeune Blanche a eu tant de joie à découvrir. Mais le ton a changé. Les mots ne sont plus les mêmes. Ils ont pris la forme de missiles. Ils semblent sortis tout droit des bunkers d'une enfance dont Émile refuse de parler et on ne sait comment les arrêter.

– Tu vois bien que tu les terrorises.

– Je les éduque.

– On n'apprend rien sous la menace.

– Grandis, Blanche, nom de Dieu. Tu veux en faire des inadaptés ?

– Inadaptés à quoi, Émile, peux-tu me le dire ?

– Tu le sais très bien.

– Eh bien non, justement, je ne vois pas, mais je t'écoute.

La moindre épine dans le pied est l'occasion d'un débat. Pour Émile, elle est épreuve d'endurance quand pour Blanche elle n'est que douleur et cause d'abcès. Les enfants ne savent plus à quelle épine se vouer, sans compter qu'il faut marcher vite et sans se plaindre, ignorer la brûlure provoquée par les ampoules et les cors, ne trahir aucun signe de faiblesse, sourire au bord du gouffre, dissimuler sa peur, mériter son pique-nique, décapsuler sa limonade avec les dents, ouvrir les conserves au couteau suisse alors que quelqu'un s'est donné la peine d'inventer l'ouvre-boîte.

– Mais t'es cinglé, Émile ! Maintenant, ça suffit !

– T'as pas voix au chapitre !

– Ah non ? Et pourquoi, s'il te plaît ?

– Tu ne connais rien de la vie. Moi, je sais.

– Mais de quelle vie parles-tu ?

Plus encore que les randonnées, Jean appréhende les interminables journées de pêche avec son père sur le lac d'Annecy. Empaler des vers vivants, assommer les truites au maillet, les regarder se tortiller, branchies sanguinolentes, jusqu'à l'asphyxie donne à Jean la nausée. La pêche, c'est le temps qui s'étire en attendant la mort, le silence qui revêt ses habits de bourreau, c'est une somme de règles à respecter et la menace d'être jeté à l'eau à la moindre erreur. Pour Jean en tout cas, car, pour les autres, c'est une leçon de patience et de philosophie. Au moment de quitter la maison, entrevoyant son calvaire, il remplit ses poches de friandises, de chocolat, de chips et de cubes de fromage, de toute chose susceptible de le distraire de la longue attente consistant à espérer voir un poisson mordre à l'hameçon, se débattre et agoniser.

– Regarde la montagne.

Son père a raison, rien n'égale la beauté des cirques minéraux formés par les dépressions glaciaires, en particulier quand on les observe depuis une barque campée sur le lac. Mais alors, pourquoi ne pas rester tranquillement à regarder ? Qu'est-ce qui pousse les humains à arracher des êtres vivants aux eaux calmes sans éprouver la faim ? Qu'y a-t-il de glorieux à capturer un beau spécimen de brochet pour ensuite le rejeter à l'eau, estropié ou à moitié mort ? Un peu plus loin, sur une autre barque, un homme leur fait signe.

– Alors, m'sieur Favre, ça donne quoi aujourd'hui ?

– Ça donne rien, le p'tit arrête pas de gigoter, ça effraie les poissons.

Émile emmène les enfants sur le plateau de Parmelan, marcher sur les fascinants lapiaz polis et repolis formant des marelles de calcaire géantes à perte de vue. Ils sautent de bloc en bloc, aussitôt rappelés à l'ordre. On n'est pas là pour faire les mariolles, on est là pour marcher. Jean aurait préféré rester tranquillement à la maison auprès de sa mère. Les a-t-elle délibérément abandonnés, préférant se ménager du temps à elle ? Non, se dit-il, les mamans ne font pas ça.

Tandis qu'ils avancent, évitant les crevasses, retenant un rire, s'évertuant à sauter *normalement* et non à *se comporter comme des clowns*, n'écoutant que leur cœur et les rapaces se signaler là-haut, au moment où ils gagnent un sentier censé les conduire à une source, Jean a une prémonition. L'endroit n'est pas suffisamment fréquenté. Il serait imprudent de se retrouver seuls avec le père au cœur des éléments, dans un monde minéral où personne ne peut les secourir.

Soudain, Jean a un éclair de compréhension. Il parvient à mettre des mots sur les vipères dans son estomac : personne ne devrait craindre son père. Il n'est plus juste un petit bonhomme marchant dans la montagne à la suite de son papa. Il existe d'autres possibles. Il peut commander son esprit, aller dans une direction ou une autre, choisir le chemin qu'il veut prendre. C'est une découverte phénoménale, peut-être la plus grande découverte jamais effectuée par l'homme. Il peut effectuer un demi-tour, refuser de prendre la direction imposée par son père, se perdre dans la nature, se cacher dans un refuge de montagne en attendant que sa mère vienne le récupérer. Mais après réflexion, conscient du danger, il choisit de suivre son père et sa sœur.

Arrivés à hauteur de la source, ils déballent leur pique-nique sous un soleil empêché par des nuages en forme de glaciers. Ils n'ont croisé personne depuis le moment où ils se sont éloignés des lapiaz et Jean sait d'expérience qu'il faut se méfier de l'eau qui dort. Il se demande ce que son père va encore inventer pour le mettre à l'épreuve, quel aspic il va convoquer pour lui gâcher son déjeuner ? Les sandwiches sont d'un inestimable réconfort. C'est comme embrasser la joue tendre de leur mère, cette mère qui leur a préparé des sandwiches avec soin, selon les goûts de chacun : roastbeef et beurre salé pour Émile, jambon salade mayonnaise pour Cécile, beurre de cacahuètes pour Jean.

Émile envoie Cécile remplir la gourde en fer à la source. C'est une eau transparente, fraîche et chantante, qui sort directement des plis moelleux de la roche, dévale la pente et vient se perdre dans les mousses et les lichens. Cécile revient en sautillant, sa gourde pleine. Elle va la porter à sa bouche quand son père lui dit :

– Donne d'abord à boire à ton frère !

Jean se demande quel miracle lui vaut les bontés paternelles. Il est vrai qu'il a marché sans se plaindre et maintenu la cadence. N'est-ce pas terrible de se méfier de son papa, de s'interroger à la moindre occasion sur ses intentions véritables ? Il en éprouve subitement de la honte, se demande ce qui ne va pas avec lui. Pourquoi faut-il toujours qu'il s'inquiète ?

Cécile lui tend la gourde. Jean se délecte de cette eau glacée fournie par la montagne et qui semble contenir toute la pureté du monde. Il en avale de longues lampées et va rendre la gourde à sa sœur lorsque son père lui saisit le poignet :

– Donne-moi ça ! Tu veux tuer ta sœur ?

Jean se fige comme ces blocs de calcaire érodés depuis des millénaires. Son corps s'arrête de fonctionner. Émile récupère la gourde et en vide le contenu sur la pierre. Puis il tend une bouteille de limonade à sa fille qui ne sait comment répondre à sa cruauté. Jean n'a pas l'air de mourir. Ce n'est sans doute qu'une mauvaise blague. Il n'empêche, elle s'en veut de ne pas avoir bu l'eau la première. Ils mordent en silence dans leurs sandwiches dont la saveur a entièrement disparu. Le poison de la peur s'est insinué entre les feuilles de salade. La pâte de cacahuète est amère et contaminée. Jean commence à sentir ses boyaux se tordre. Son estomac fait des bruits effrayants. Des lames lui traversent le ventre et il part à la recherche d'un buisson derrière lequel se soulager mais trop tard, un jus brûlant et acide coule le long de sa cuisse, un ruisseau brun à l'odeur abominable se répand. Il se couche sur le sol, se prépare à mourir. Sa sœur se précipite, lui adresse des mots qu'il ne comprend pas. Au-dessus de sa tête, un aigle tournoie. Il préfère encore être dévoré par l'aigle que mourir d'empoisonnement. L'aigle en s'approchant se révèle avoir une tête d'homme. Jean n'a jamais vu un possible voler à pareille altitude. De ses serres, l'oiseau le saisit à hauteur des épaules et le soulève dans les airs. Là-haut, la vue est somptueuse. Au loin dans la vallée, il aperçoit Annecy où sa mère l'attend.

De retour à la maison, Jean est si mal en point que Blanche décide de l'emmener aux urgences. Les médecins l'examinent, effectuent des analyses de sang. L'eau de la source, bien que déconseillée aux randonneurs, n'est pas en cause. La peur est seule responsable des désordres abdominaux et de la syncope de Jean.

– Je te quitte, Émile, et j'emmène les enfants avec moi, prévient Blanche

– Et tu iras où, s'il te plaît ?

– Cela, vois-tu, ce n'est plus ton problème.

Louer un appartement : Blanche ne demanderait pas mieux, mais l'argent manque. Elle ne peut partir du jour au lendemain et Émile le sait. Dans l'adversité, elle ne lâche rien. Elle compte l'avoir à l'usure. Le repas du soir terminé, il allume la télévision et elle accompagne les enfants dans leur chambre pour une demi-heure de lecture à voix haute. À l'extinction des feux, ils s'échangent les livres sous la couverture et profitent des excellentes lampes de poche du magasin. Le lendemain, ils retrouvent leurs innombrables cousins autour de la grande table du jugement dominical qui, époque oblige, est devenue la grande table de la rigolade et du divertissement. Il y a Charles-Éric, Sophie, Mathilde, les enfants de Martin (dits les grands), Stéphanie, Patrick et Yves-André, les enfants de Clément (dits les moyens) et enfin Cécile et Jean, les enfants d'Émile (dits les petits, et qu'une décennie sépare de leurs aînés). Tout ce monde met joyeusement la main dans l'assiette de sa voisine ou de son voisin. Papy Alphonse a renoncé au protocole. Plus question de places dédiées. Désormais, on mange en démocratie. Chez les Favre, on a toujours su s'adapter. Mamy Solange rentre d'une cure d'amaigrissement. Papy Alphonse porte des polos et des bermudas l'été. Il est plus souvent au golf qu'à l'étude, Dieu merci, Martin et Clément ont pris la relève. Il profite de la vie, il est *bath*, part skier avec eux l'hiver à La Clusaz et au Grand Bornand. Il veut rester fringant le plus longtemps possible, s'entourer de jeunesse, de beauté et de joie. Contre ça, Émile ne peut rien. Il serait mal inspiré de reprocher à ses parents de ne plus pratiquer le favoritisme. Comble du comble, son père adore Blanche, la trouve intelligente et excellente mère. Blessé dans son amour-propre, Émile craint bien trop de finir sa vie seul pour continuer à jouer les despotes sous son propre toit.

- 6 -

Ils tracent, s'envolent, retombent souplement, poursuivent l'écriture de leur descente vertigineuse. Depuis l'hélicoptère, le pilote déchiffre leur partition écrite blanc sur blanc dans une poudreuse ultralégère, avec ses contrepoints, ses accents. Ils ne sont pas supposés skier à cet endroit mais les conditions météorologiques sont idéales. L'hélicoptère prend la tangente et part à la recherche d'autres skieurs téméraires.

Cécile prend de l'avance, gagne en vitesse, arrive au bas d'une pente, s'élance dans le vide et sort momentanément du champ de vision de Jean. Il la retrouve deux cents mètres plus bas, encastrée dans la poudreuse. En prévision du choc, son corps a opposé peu de résistance à la neige. Légère comme un flocon, elle pense s'en être sortie indemne. Déjà elle se relève. Sa cheville droite est parcourue de secousses électriques mais la douleur est supportable et n'entrave pas ses mouvements. Elle n'a rien, elle le jure. Elle ne comprend pas comment c'est arrivé.

Ils poursuivent leur descente jusqu'à la station. La douleur s'amplifie. Ils appellent les parents. Cécile serre les dents et est conduite aux urgences.

Les radiographies ne révèlent aucune fracture, tout au plus une foulure sans rupture du ligament. Quelques jours d'immobilité et un bon antidouleur devraient suffire. Les cousins ont tous porté le plâtre au moins une fois dans leur vie. Pourquoi s'inquiéter d'une simple entorse ?

Le maintien de la jambe à l'horizontale ne produit aucun bénéfice. La douleur persiste et il est désormais impossible à Cécile de poser le pied sur le sol. Une amie lui rend visite et l'aide à mettre ses cours en ordre. Les cousins défilent à son chevet. Les filles d'abord. Elles débarquent avec leurs magazines et leurs vernis à ongles censés redonner des couleurs au pied endommagé. Puis viennent les garçons et leurs concours d'éloquence. Ils rendent hommage à feues leurs fractures, décrivent leurs plâtres dans la démesure, livrent leurs nombreuses astuces pour remédier aux démangeaisons : aiguille à tricoter, tournevis, câble électrique, tout est bon pour faire oublier à Cécile son entorse du ligament talo-fibulaire.

Dans sa chambre, Jean ressasse le film de la chute. Il revoit sa sœur gracieuse et souple, sûre et souveraine (cette sœur qui, quelques semaines plus tôt, lisait *Annapurna, premier 8000*) affronter la pente à 65°. Cécile s'élance, prend de la hauteur, devient minuscule, disparaît dans le ciel.

Il ne peut s'empêcher de penser au tableau de Pieter Breughel l'ancien, *La chute d'Icare*, qui illustre un de ses manuels scolaires. Dans la peinture du maître flamand, l'immensité du monde est représentée selon des perspectives trompeuses et parfaitement maîtrisées. On voit la campagne et ses champs labourés côtoyer la garrigue où paît un troupeau de moutons côtoyant à son tour l'embouchure océanique d'un fleuve, des îlots et dans le lointain, une ville et des chaînes de montagnes. Le monde y est ramassé, comme sur les cartes géographiques anciennes. Recouvrant le tout, un ciel laiteux dans lequel les nuages se confondent avec la roche. Haut dans l'éther, on finit par noter (le trait de pinceau est léger et transparent) la présence d'un homme à peine plus voyant qu'une grosse mouche et paré de deux ailes mécaniques. Au bas du tableau, à proximité de la rive, entre la caravelle et le pied de roche où paissent les moutons, deux jambes minuscules émergent de l'océan. Icare se noie. Il est doublement présent : dans le ciel et dans l'embouchure du fleuve. Et pourtant, au premier regard, on ne le voit pas. C'est ce que Jean a ressenti quand sa sœur a disparu de son champ de vision : elle s'est fondue dans le décor. Il l'a cherchée dans le ciel et dans la neige. Il a vécu sa double disparition. Il s'est figuré sa sœur morte, a envisagé un monde sans elle. Il a été en deuil et le deuil était froid, inconcevable.

Cécile ne sent plus son pied. Elle est examinée dans le service de chirurgie orthopédique. Le ligament talo-fibulaire n'est pas le seul en cause : le calcanéo-fibulaire est également touché et peut-être rompu et pourrait expliquer la persistance de l'entorse. Le risque d'inflammation est important mais qu'elle se rassure, il existe des moyens d'y remédier et surtout, repos, repos, repos. Repos, c'est vite dit quand on est déjà reposée pour dix vies et qu'on se morfond dans une mer de draps de lit. Elle n'a plus posé le pied par terre depuis maintenant douze jours et si sa cheville lance encore des signaux, ils sont de plus en plus lointains. Sa chair s'exprime en morse. Malgré les massages et les séances de kinésithérapie, la lésion prend une étrange tournure. Son pied ressemble de plus en plus à une excroissance, une ancre impossible à lever. Les orteils sont gelés et se recroquevillent.

La nuit, son pied se redéploie, reprend forme et vigueur. Il savoure son contact avec le sol, décompose le mouvement, talon, plante, orteils, se délecte de la texture d'un tapis, d'un carrelage, d'herbes folles, de lapiaz tiédis au soleil. Il danse, skie, fait de la bicyclette, randonne à Talloires et dans les gorges du Fier. Au réveil, sa sensibilité perdure quelques instants. C'est ça le plus terrible : son pied existe toujours. Il existe dans la chambre et dans sa mémoire. Il existe sous deux formes. Elle va pour le poser sur le sol et le trouve engourdi, insensible, ni entièrement vivant, ni entièrement mort, trois points de suspension au bout d'une ossature.

S'aidant de béquilles, elle décide de retourner au lycée, le pied emmitouflé dans une chaussette de tennis impeccable. Ses parents l'ont emmenée consulter un deuxième, un troisième chirurgien orthopédiste. Mauvaise nouvelle : le ligament tibio-fibulaire est lui aussi atteint. Deux ligaments froissés, le troisième rompu, c'est du jamais vu dans leurs services, même chez les skieurs de très haut niveau. Non, la blessure n'a rien de définitif mais l'échéance de la guérison reste floue.

Heureusement, Cécile marche plus vite que ses amies, béquilles ou pas. Sa force de caractère, son endurance et sa témérité semblent s'être encore affirmées dans l'épreuve. Elle s'adapte à ce pied suspendu, ce sont les autres à présent qui lui rappellent qu'il se rétracte et refuse obstinément de toucher terre. Les garçons sont désorientés devant cette jambe en forme de songe interrompu.

Blanche l'emmène consulter une sommité à Genève. Dans le train, elles rient, chantent, font des provisions d'optimisme, heureuses d'être ensemble. Curieusement, l'entorse les rapproche. Un nouveau diagnostic est posé : certaines lésions des ligaments mettent plus de temps à guérir que d'autres mais il convient de garder espoir. L'inactivité peut engendrer une fonte irréparable des muscles et de graves problèmes de calcification osseuse. Il est donc essentiel que Cécile reprenne une vie active, s'impose deux heures de marche par jour et un régime alimentaire strict. Dans quelques mois, on avisera. Quelques mois, répète Cécile pour elle-même. D'ici là, plus personne ne se souviendra d'elle sans béquilles. Elle sera définitivement classée dans la catégorie des super chic filles estropiées au mental d'acier. Son moi réparé n'expulsera jamais son moi estropié, elle le sait, elle le sent dans ses chairs. Les gens réfléchiront à deux fois avant de l'inviter, ne la convieront plus aux retraites aux flambeaux et aux randos de l'extrême. Elle attirera les tordus qui rêvent de *le faire* avec une handicapée. Elle a entendu ses copines dans les vestiaires à la gym pendant qu'elle réajustait son bandage aux toilettes. En sa présence, elles se font un devoir de la supporter, adressent un doigt d'honneur aux connards qui la moquent. Mais dès qu'elle a le dos tourné, la peur et le dégoût les gagnent sans qu'elles en aient conscience. Elles préféreraient que Cécile soit dans une autre classe ou n'ait jamais existé.

Cécile déploie une énergie herculéenne, ajoute à son programme déjà chargé une heure de natation quotidienne. Le samedi, elle aide son père au magasin, vend des bottines à crampons, du matériel de randonnée et d'escalade, si ce n'est pas ironique… Sur un pied et deux béquilles, elle vaque d'un client à l'autre sans montrer aucun signe de faiblesse. Elle n'en veut à personne. Elle ne comprend toujours pas comment cela a pu se produire. Au magasin, les plus superstitieux prétendent que l'arrondi charmant de sa différence porte chance. Un journaliste sportif ayant eu vent de son cas demande la permission de l'interviewer. Tout le monde à Annecy lit son article. Certaines filles vont jusqu'à envier à Cécile ce pied qui la propulse dans les colonnes de la presse régionale. Elles se sentent ordinaires dans leurs Moon boots roses. Il leur manque un petit quelque chose pour devenir célèbres.

Émile, lui, laisse transparaître des signes de nervosité : les gens parlent, ce n'est pas bon pour le magasin.

L'entorse de Cécile est devenue l'entorse de toute la famille.

L'entorse d'Émile. Le père supporte mal les allusions sur sa fille chérie. Il accuse la médecine de s'être liguée contre lui. Quel garçon acceptera de se marier avec une estropiée ?

L'entorse de Blanche qui s'efforce de dissimuler son

inquiétude. Elle n'hésite pas à envoyer Cécile faire les courses, se comporte comme si les escaliers n'existaient pas, se rassure en pensant que l'entorse n'est pas une entrave au baccalauréat dans la mesure où il est contre-indiqué d'écrire avec les pieds.

L'entorse d'Alphonse. Pour le patriarche, dans la vie, il y a les gagnants et les perdants. Cécile n'a pas été élevée en gagnante. Dommage : la petite avait un don indiscutable pour le ski.

L'entorse de mamy Solange qui s'affaire autour la table en psalmodiant « Oh, mon Dieu, c'est affreux, oh, mon Dieu, c'est affreux ».

L'entorse de Jean. Jean veut recouvrer sa vie d'avant. Il ne peut faire un pas dans cette ville sans croiser quelqu'un qui lui parle de l'entorse. Les nuages le désignent. Les pies jacassent dans son dos. Il s'assigne à résidence, s'abstient d'aller skier avec ses cousins et ses potes. À quinze ans, il plaît aux filles et n'a aucun effort à fournir pour s'attirer leurs faveurs. Il en aime plusieurs, mais s'interdit de tomber amoureux.

Cécile se tient bien droite au bord du lit. Elle consulte son reflet dans le miroir, s'ébouriffe les cheveux, redessine ses sourcils d'un index précis. Dans une nuisette pourpre et transparente, sa peau vibre. Ses yeux sont deux forges dans l'attente d'une révélation. Elle a peur mais il faut bien passer un jour à la casserole. On ne peut que succomber à son sourire à peine esquissé, à ses yeux céruléens piqués de taches aigue-marine, à sa carnation très blanche, la finesse de ses attaches, l'arrondi de ses épaules, l'insistance de ses seins. Elle est parfaite. Elle doit tenir encore un peu. Ensuite, ils s'embrasseront. Ils fermeront les yeux et elle sera alors comme n'importe quelle fille, un corps brûlant et doux, un parfum. Elle vient seulement de s'en apercevoir : elle a oublié la musique. La musique pour masquer l'embarras de la première fois, les bruits parasites, les craquements de lit, les borborygmes, les soupirs, les conversations provenant des pièces voisines, les sons de la rue. Elle se lève, terrifiée à l'idée qu'il choisisse ce moment pour ouvrir la porte mais dans la salle de bains, l'eau continue de couler.

Elle effectue trois petits sauts à cloche-pied, introduit Alain Chamfort dans la chaîne stéréo et revient s'asseoir sur le lit. La place est restée chaude. Elle reprend la pose, dissimule son pied gauche sous un pan du couvre-lit. Dans cette position, sa hanche la fait souffrir mais souffrir lui permet d'être belle et elle n'est plus à un sacrifice près.

Elle l'a choisi avec soin, préférant confier la délicate mission de son dépucelage à un garçon n'appartenant pas à son cercle d'amis. Un garçon sportif, qui enseigne le ski aux enfants et les prépare à passer leurs premiers brevets. Elle a souvent répété cette scène en pensée, ce moment où l'heureux élu apparaîtrait et la découvrirait assise sur son lit, dans sa nuisette, une bretelle chue sur l'épaule, la peau luisante et soyeuse, les ongles peints, les cheveux dégringolant dans son dos en cascades. Le garçon sort enfin, nu, conscient de sa supériorité anatomique, de son pouvoir inflammable, catégorie incendies de forêt. Il ne la regarde pas, lui tourne le dos, se penche sur la pile de disques compacts, consulte les pochettes et ce faisant, adresse à Cécile un anus rose cerclé de brun sombre et de poils hirsutes carbonisés par l'urine.

– C'est quoi ? demande-t-il.

Elle, encore troublée par la vision de son tunnel colorectal :

– Alain Chamfort.

– Tu as *Tomb of the mutilated* des Cannibal Corpse ?

– Non. C'est qui ?

– Un groupe de *brutal death metal* américain.

Elle a imaginé cent fois cet instant, changé de parfum, de

vernis à ongles, déplacé le miroir, remplacé le couvre-lit rêche en laine écossaise par un plus fin. Elle a essayé toutes sortes de poses : assise, debout, couchée, appuyée sur les coudes, souriante, endormie, jambes croisées ou au contraire légèrement entrouvertes et laissant deviner ses trésors enfouis. Mais jamais elle n'a envisagé qu'il se comporterait comme un plouc dans un camping, ne lui ferait pas l'aumône d'un regard, lui présenterait son cul en guise de trophée et ferait des allusions macabres, *Tomb of the mutilated*, la tombe de la mutilée, est-ce ainsi qu'il la voit ? Son lit serait un cercueil ? Elle ne sait ce qui la retient de lui planter un couteau dans l'œil, de lui arracher la tête et les testicules. Elle avait tout envisagé, sauf de prendre le pouvoir, de placer son partenaire dans un état de sidération. Mais il l'a bien cherché. Dans le miroir, son visage se transforme, ses yeux s'emplissent de colère. Un duvet naît à la surface de sa peau et la recouvre entièrement. Les os de ses omoplates se dilatent et explosent, donnant naissance à des ailes longues et rousses légèrement huileuses. Ses ongles se décollent et laissent apparaître des serres longues comme des couteaux. Maintenant, il la regarde. Il blêmit.

– C'est quoi, ce bordel ?

– Tu veux baiser dans quelle position ?

– Je ferais mieux d'y aller.

– Pas question. Tu restes.

Il hésite. Il a peur.

– Ça te va si je te prends par-derrière ?

– Ça m'est complètement égal, répond-elle.

Elle ôte sa nuisette, lui offre son corps gracile et délicat, sa taille si fine qu'il peut en faire le tour avec ses mains. Les paumes du garçon sont rêches. Ses gestes sont maladroits. Il la retourne. La monte. S'énerve. Il doit penser qu'elle finira par se lasser mais non, elle revient à l'attaque. Elle se concentre sur la musique, sur la voix d'Alain Chamfort. *C'est trop vulgaire de fondre en larmes. Souris puisque c'est grave.* Elle ferme les yeux et là, quelque chose se passe. Alain Chamfort éjecte le garçon hors du lit, de la chambre, Alain se dandine sur elle, il n'a aucun poids. Alain et son tempo de synthèse pénètrent Cécile, provoquent une montée de sève, une éruption de cyprine, une démence délicieuse, un abandon fatal. Cécile en a terminé et espère que le plouc des campings fera plus attention la prochaine fois aux musiques qu'écoutent les filles.

Cécile raconte ses liaisons avec des hommes mariés, des touristes, un secouriste de La Clusaz, un skieur médaillé dont elle ne peut dévoiler l'identité au risque de déclencher un scandale dans le milieu de la compétition. Ses amies lui sont reconnaissantes de s'habiller d'une réputation sulfureuse qui les dispense de tout apitoiement. Les nouvelles ne sont pas bonnes. La médecine a enfin posé un diagnostic sur l'entorse sans toutefois lui trouver un nom : le processus est irréversible. Une prothèse est déconseillée dans la mesure où le pied est toujours là. Atrophié, arc-bouté, inutile mais toujours là. Cécile devra vivre avec.

À l'aune de cette évidence, elle s'efforce de reconquérir chaque millimètre de sa vie d'avant. Elle voudrait faire le tri de ses amies véritables, arrêter de se disputer avec son frère, mettre les choses au clair avec sa maman, ne plus l'entendre constamment s'inquiéter pour Jean alors qu'elle mène un combat de chaque instant. Jean par-ci, Jean par-là, Jean-n'ai rien à foutre, maman ! Jean-merde Jean ! J'existe ! Je suis là ! Devant toi ! Elle voudrait embrasser son père tendrement, lui dire qu'elle ne compte plus travailler au magasin, que l'énergie insensée qu'elle déploie n'est qu'une ruse destinée à lui plaire. S'il n'y met pas le holà, s'il l'encourage dans chacune de ses initiatives, s'il ne lui dit pas « STOP ! Cécile ! Je t'aime avec ton pied raccourci ! Je t'aime quoi qu'il arrive ! », les choses pourraient mal se terminer.

Les publicités sur les murs de la ville n'arrangent rien. Ces derniers mois, un slogan a remplacé les prières catholiques et galvanise la planète : *Just do it.* Juste, fais-le. C'est moins heureux en français mais c'est sans équivoque. *Just do it.* Arrête de pleurnicher, petite crevette, prends-toi en main, bouge-toi, décapite ta diminution, fais de ton moignon une force, cesse de jouer les victimes, signe un contrat d'exclusivité avec toi-même, transforme ton existence en parcours de jogging.

Jean voit ses petites-amies en cachette, passe de l'une à l'autre sans s'attacher, soucieux d'épargner à sa sœur le spectacle d'un bonheur trop manifeste. Il aime écrire le soir après l'école. Ils sont plusieurs dans sa classe à aimer ça. Sébastian a commencé un roman en forme d'hommage à son grand-père ébéniste. Jacques rédige une nouvelle pour la quatrième fois, dans laquelle il rapporte les heures les plus effrayantes de sa vie, enfermé dans une galerie souterraine pendant un stage de spéléologie, dans l'obscurité totale, sans eau et presque sans oxygène. Hélène tient un journal pour son frère trisomique.

Jean veut écrire *La chute.* Mais le titre est déjà pris par Albert Camus. Jean a beau se creuser la tête, l'accident de ski de sa sœur est le seul événement signifiant de sa courte existence. Cécile serait furieuse s'il s'en emparait. Elle ne lui pardonnerait pas sa spéculation oiseuse autour d'une expérience qui ne lui appartient pas au premier chef. Elle ne supporterait pas non plus qu'il étale ses états d'âme et sa culpabilité alors que lui a toujours ses deux pieds. Pour écrire, se désole Jean, il faut vraiment avoir souffert dans ses chairs, être né au mauvais endroit ou dans un paradis révolu, avoir aimé, haï, pardonné, roulé sa bosse, s'être saoulé avec les meilleurs whiskeys, avoir épousé une étrangère, connu la faim, la soif, la peur, la folie, vécu au cœur d'un conflit, être l'unique survivant d'un naufrage, s'être drogué et s'en être sorti, avoir purgé une peine de prison, frayé avec la pègre, la politique, les huissiers, le milieu ouvrier, les damnés de la Terre, les puissants, les travailleuses du sexe, être quelqu'un d'important ou qui a vécu des choses importantes, s'être trouvé seul face à un lion, un éléphant, un requin, un père... voilà un bon sujet : son père, commerçant annecien sadique et complexé, prospère et incompris, issu d'une famille de notaires à sang froid qu'il vaut mieux dépeindre que fréquenter. Son enfance et les petites séances de torture paternelle infligées dans le plus grand secret. Mais c'est trop tôt. Il ne se sent pas prêt. Il pourrait encore écrire sur l'ennui, la fadeur d'une adolescence confortable sur fond de montagnes sublimes, les amitiés molles fondées sur des marques de bières et des musiques tièdes mais écrire la vie ordinaire exige un talent fou. Alors il lit. Il cherche dans la lecture l'écho de ses propres sentiments, espère tomber sur un roman qui l'aiguillera dans ses choix et l'aidera à s'inventer une vie digne d'intérêt. Il lit dans l'espoir de se rencontrer.

Aussi loin qu'il s'en souvienne, sa mère lui a lu des histoires. Petit, quand ses paupières devenaient lourdes et qu'il luttait contre l'endormissement, l'idée qu'elle pût n'être qu'une voix, une créature dématérialisée émettant des vibrations sonores, lui semblait parfaitement plausible. La voix faisait naître dans son cerveau des images effarantes qu'il pensait être le seul à voir puisque sa mère, elle, était LA VOIX. Sa sœur possédait son propre cerveau, qui fabriquait ses propres images. Le fait qu'une même histoire pût produire des images différentes d'un cerveau à l'autre le fascinait. Il imaginait les milliards d'habitants qui peuplent notre planète fabriquer leurs propres images à partir d'une histoire commune et s'émerveillait qu'elle pût les contenir toutes. Il trouvait ça sensationnel et d'ailleurs, il n'a pas changé d'avis sur ce point. Il se représente l'humanité comme une infinité de petites salles de cinéma projetant des films différents inspirés par une seule histoire. Et c'est toujours aussi épatant.

Maintenant qu'il a atteint l'âge où on vous demande constamment ce que vous comptez faire dans la vie (et non de quelle manière vous envisagez de rendre votre vie intéressante, comme si l'enjeu principal consistait à ne faire qu'une seule chose du début à la fin), il se demande comment sa mère envisageait à la sienne à seize ans. Il s'efforce de se représenter sa mère adolescente. Il l'a toujours connue vieille et il n'existe aucune photo de l'époque où elle avait son âge. Quand bien même il en existerait, il lui serait impossible de l'imaginer danser, par exemple, ou prendre un bain de soleil en bikini, si toutefois les bikinis existaient à son époque. L'idée qu'elle ait eu des aventures avant de rencontrer son père provoque chez lui un sentiment mitigé. D'un côté, il ressent un soulagement en pensant qu'elle aurait pu tomber amoureuse d'un type bien, instruit, cultivé, jouant d'un instrument de musique, lisant beaucoup, aimant les voyages, s'éprendre d'un homme qui lui aurait offert la vie qu'elle mérite, l'aurait encouragée à entreprendre des études et à effectuer un travail plus gratifiant que celui de vendeuse dans un magasin. D'un autre côté, cette pensée est suicidaire, puisque l'ovule censé revenir à Jean aurait été fécondé par un spermatozoïde inconnu et Jean n'existerait pas en tant que tel. Bref, dès qu'il tente d'imaginer sa mère jeune, ses réflexions l'euthanasient. Il préfère encore accepter la dure réalité : son père est son père.

Il se remémore un dimanche où, ayant échappé au supplice de la rando, il avait passé la matinée à lire *Le Comte de Montecristo* assis sur un tabouret dans la cuisine. Sa mère préparait un poulet, l'évidait avant de le farcir. À la vue des grumeaux de sang coagulé sur sa main, frappé par la trivialité de ses préparatifs, il cherchait déjà à comprendre qui elle avait été à son âge. Avec le sentiment délicieux de l'espionner, il l'observait se rincer les mains sous le jet d'eau chaude, essuyer celles-ci dans son tablier, se diriger vers le téléphone (encore fixé au mur à l'époque) et former un numéro, les doigts légèrement rosis par le sang du poulet qui mettait un certain temps à s'effacer malgré l'eau. Tout en parlant, elle conservait le dos tourné. Parfois, deux ou trois mots parvenaient à Jean, dont il n'était pas sûr à cent pour cent. « Non… tu te trompes, maman… je te rappelle que je n'ai *pas toujours été une Favre…* » Il trouvait fascinant que sa mère ait une mère elle aussi (une maman que Jean ne voyait jamais) et surtout, qu'elle n'ait pas toujours été une Favre. Ces mots le galvanisaient. La part de sa mère qui lui échappait était sans conteste la plus intéressante.

Il cherche le bon moment pour lui parler de ses projets d'avenir. Jean veut consacrer son existence à la lecture. Voilà ce qu'il veut *faire dans la vie*. Il existe toutes sortes de moyens d'y parvenir mais il n'a pas encore choisi lequel. Dans un monde idéal, il voudrait devenir chroniqueur littéraire. Il pourrait aussi être réceptionniste dans un hôtel peu fréquenté où les clients se débrouillent tout seuls pour récupérer la clé de leur chambre. Il a envoyé son CV à différents groupes de presse et plusieurs directeurs d'hôtels. Il n'a reçu aucune réponse depuis. Deux éléments jouent en sa défaveur : son manque d'expérience dans le journalisme et son manque d'expérience dans l'hôtellerie.

– Il faut que je te montre quelque chose, lui dit Blanche, qui semble se réjouir des intentions de son fils.

Elle disparaît un moment aux étages et revient, une pile de carnets à la couverture gris clair en tissu grossièrement maillé dans les mains. Ils sont légèrement écornés et couverts de texte de la première à la dernière page, des résumés de romans ne dépassant jamais cinq lignes et rédigés d'une écriture soigneuse, sans la moindre rature.

24 septembre 1957, Henry David Thoreau, Walden ou la vie dans les bois. Ce récit publié en 1854 est remarquable. Son auteur y témoigne d'une grande lucidité pour l'époque. Il décrit avec justesse la frénésie d'accumulation née avec l'ère industrielle. L'auteur s'installe loin de l'emballement du monde, mène une existence frugale et tente de vivre en autosuffisance. Cette lecture est indispensable.

Et un peu plus bas :

Le 9 octobre 1957, Julien Gracq, Le rivage des Syrtes…

– Il y a des imprécisions mais j'ai progressé depuis, sourit-elle. Je dois bien avoir une centaine de ces carnets. Je les tiens depuis le lycée.

Blanche lit depuis son plus jeune âge. Elle est une conteuse remarquable. Mais qu'elle fût à ce point clairvoyante, Jean ne l'avait pas envisagé. Une mère ne devrait rien cacher à ses enfants.

– Pourquoi tu ne me les as pas montrés ?

– Justement, je te les montre.

– Pour quelle raison les caches-tu ?

– Ton père.

– Tu te rends compte de ce que tu dis ?

– Il ne s'agit pas de toi, mon chéri. J'ai de la peine pour lui. S'il était diabétique, je ne mangerais pas de choux à la crème sous son nez.

– Vous êtes cinglés tous les deux ! Montre-moi tes autres carnets !

– Si tu y tiens.

Jean est désorienté. Il ne sait plus à quelle mère il s'adresse, celle qui rédige ses impressions de lecture ou celle inféodée à son mari ? Celle qui farcit le poulet et se tape la vaisselle ou celle qui vit en littérature ? Ce soir, il y a de la saucisse au dîner et Jean a décidé d'annoncer ses projets à son père, que ça lui plaise ou non. Après le Bac, il monte à Paris, oui, absolument, à Paris, non pas pour entamer des études universitaires, mais pour décrocher un stage dans un journal. Pourquoi, ça pose un problème ? Il aimerait ajouter : je sais ce que tu en penses, papa, à Paris, y a que des pédés. Inutile de t'énerver, papa, ma décision est prise. Avec quel argent ? Ça ne te regarde pas. Je sais, papa, ce n'est pas de la colère dans tes yeux mais une douleur névralgique si forte qu'aucune larme ne peut sortir. Je sais tout le mal que tu penses de toi mais tu te trompes, papa, tu n'es pas uniquement ce salopard qui terrifiait ses mômes en les obligeant à avaler des chenilles, j'ai quelques bons souvenirs avec toi, je te dois de connaître un peu mieux la cruauté humaine, je te dois d'avoir le pied lacustre, d'aimer la marche (quand elle n'est pas forcée), d'être capable de pister un animal, d'avoir le massif des Aravis, le mont Charvet et le Grand-Bornand tatoués dans la tête. Et, si seulement j'arrivais à te parler, si seulement je franchissais le pas, il faudrait que tu me comprennes bien : je ne te pardonne pas ce que tu m'as infligé. Je te pardonne ton enfance. Je te pardonne d'avoir pensé toute ta vie que tu valais moins que tes frères, tes voisins et n'importe quel chien qui passe dans la rue. Je te remercie de ne pas m'avoir transmis ta maladie, de m'avoir fourni l'antidote à l'homme détestable que tu es : maman. J'ignore par quelle magie maman a trouvé la force de te supporter mais l'avoir épousée est ton chef-d'œuvre, la preuve irréfutable que tu as du goût et que tu n'es pas foncièrement stupide ou mauvais. Je n'ose imaginer le bourreau que tu aurais été si tu ne l'avais pas croisée sur ta route.

Jean passe son Baccalauréat avec la mention bien et la détermination rageuse de monter à Paris. Il renonce à emporter avec lui les carnets de sa mère mais accepte de prendre, soigneusement emballé dans du papier bulle, le livre des possibles qu'elle a mis de côté et qui tombe en lambeaux. Elle y a glissé l'adresse d'une librairie réputée de la rue du Faubourg-Saint-Honoré, librairie qui possède une impressionnante collection de livres rares et restaure les ouvrages anciens quand ils sont récupérables. Il ira le déposer à son arrivée, fera rénover la reliure, confectionner une couverture neuve et une surcouverture si nécessaire, peu importe le prix.

- 7 -

Ce pourrait être la vitrine d'un bijoutier, d'un chapelier, d'un parfumeur ou d'un apothicaire à l'ancienne. Les livres y sont présentés sur des petits promontoires mettant en valeur leur couverture en veau lustré, chagrin, nigérien, peau de truie, cuir de Russie. La plupart sont agrémentés de liserés dorés plus ou moins sophistiqués allant de la ligne droite au motif floral alambiqué. La devanture en bois vert wagon ne préfigure pas du véritable dédale qui se déploie à l'intérieur et ses échelles donnant accès aux ouvrages des étagères supérieures. Ce n'est pas la bibliothèque Sainte Geneviève mais l'établissement a la réputation de posséder quelques trésors. L'état des livres est excellent et justifie sans doute leur prix exorbitant. Le prix n'est pas affiché pour ne pas attirer l'attention et parce qu'il n'a de sens qu'aux yeux des initiés. Ce ne sont pas de ces livres qu'on emporte avec soi dans un parc ou en voyage, qu'on embarque dans sa baignoire ou qu'on oublie dans un café. Ce sont de purs objets de fétichisme. Il suffit de les effleurer pour toucher Montherlant et chatouiller Courteline. Ils sont guindés, chichiteux, et Jean voit mal le livre des possibles obtenir les bonnes grâces d'une telle boutique. Mais puisque sa mère l'envoie…

Dans son cache-poussière gris, un homme le reçoit, sourcils peignés, mains gantées de feutrine.

– Comment puis-je vous aider ?

Avant d'extraire le livre des possibles de sa poche, Jean

veut mettre toutes les chances de son côté. Il va évoquer le contexte, expliquer que sa maman tient ce livre de sa propre maman, qu'il a toujours été dans la famille. Pour être honnête, avec sa petite loupe collée au milieu du front, l'homme en tablier ressemble davantage à un ophtalmologue qu'à un libraire. Afin de ne pas se laisser intimider et d'exposer son cas jusqu'au bout, Jean parle vite. Certains ouvrages ici coûtent 40.000 francs, comme cet exemplaire original des poèmes de Verlaine. Ici, on ne dit pas François Villon mais Villon François. Il va expliquer au libraire garant d'une collection de livres inestimable élaborée au fil des générations et des siècles, à l'un des bibliophiles les mieux pourvus en éditions originales inédites illustrées de gravures à l'eau-forte, que Blanche, sa maman, lui a lu le livre des possibles quand il était petit et qu'un jour, quand lui-même aura des enfants, il prendra le relais, c'est précisément la raison qui l'amène dans un lieu réputé, sans quoi il ne se serait pas permis de le déranger, il demande par avance pardon pour l'état déplorable du bouquin, si on peut encore appeler ça un bouquin, c'est, comment dire, un cas de force majeure, il est le brancardier qui confie le fantassin mutilé au chef de camp. Le mutilé est fils de baronne et la baronne est prête à y mettre le prix. Alors, c'est d'accord ?

Contre toute attente, l'homme se montre intéressé. Ou est-ce la politique de la maison de ne jamais blesser l'orgueil d'un client ? Ne pas prendre le risque de passer à côté d'un reliquaire ? Accueillir les rêveurs pour mieux les expulser ?

– Posez-le ici… mm… c'est du maroquin… en effet… très mauvais état…

– Nous pensions que c'était du cuir.

– Peau de chèvre. Plus facile à teindre. La couleur m'étonne.

– Elle s'est altérée avec le temps. Pardon, je vous laisse le diagnostic.

– Au contraire, je vais avoir des questions à vous poser et

il s'agira d'y répondre.

Jean n'a jamais vu personne manipuler un livre de cette façon. On dirait qu'il tient entre les mains une créature vivante.

– Mm… 1914… Curieux…

L'homme allume une lampe puissante sous laquelle il place le livre de biais :

– Regardez… en filigrane… l'épée… les grandes pastilles noires…

Jean n'y avait jamais prêté attention mais en effet, il y a bien, en filigrane, sur la page de garde un dessin qui pourrait s'apparenter à un glaive au milieu d'une constellation de pastilles noires.

L'homme s'absente quelques instants et revient avec un superbe ouvrage, une édition originale datant de 1914, reliure en plein maroquin bleu marine, dos à cinq nerfs, plats avant et arrière montrant de gros points noirs traversés verticalement par un glaive.

– *La révolte des anges* d'Anatole France. Ça vous dit quelque chose ?

– Rien du tout, répond Jean.

– Dans cette édition originale, les gardes et les contreplats sont moirés…

Puis, revenant au livre qu'on lui a apporté :

– Dites-moi, où sont passées les pages 42, 43, 44 et 45 ? Je ne peux pas restaurer un livre auquel il manque des pages.

Jean devrait se sentir très mal, mais face au professionnalisme du bonhomme, la curiosité l'emporte sur l'embarras. Il regrette d'avoir quitté Annecy sans vérifier qu'il emportait bien toutes les pages du livre. Il n'a pas le souvenir qu'il en manquait. Il arrive que le livre épaississe ou s'affine, change de grammage, que le papier devienne légèrement plus poreux ou au contraire, soyeux comme du papier bible. En revanche, le nombre de pages est toujours resté stable.

D'ailleurs, aucune page ne semble avoir été arrachée et Jean se demande si ce ne sont pas les chiffres qui ont glissé d'une page à l'autre. Il fait défiler les pages comme un flip book dans l'espoir de retomber sur la 44. Elle s'est peut-être confondue avec la 4 ou la 144.

– C'est dommage… C'est une histoire magnifique…

– Vous l'avez lu ? s'étonne Jean qui va de surprise en surprise.

Ce libraire est d'une érudition stupéfiante. C'est la première fois que Jean tombe sur quelqu'un qui connaît le livre des possibles (en dehors de sa propre famille).

– Laissez-le-moi quelques jours, je vais voir ce que je peux faire.

L'homme s'absente encore une fois et revient avec un autre exemplaire de *La révolte des anges* enrichi de deux aquarelles originales signées contrecollées sur les contreplats avant et arrière.

– Regardez-moi cette merveille.

Il dépose l'exemplaire sous la lampe. Le dessin semble avoir été gravé à la pointe sèche dans une fine couche d'ivoire (mais Jean n'y connaît rien, si le bonhomme dit que c'est une aquarelle, alors, va pour l'aquarelle). Il montre un jeune couple pris en flagrant délit d'adultère par un ange aux ailes lumineuses se tenant devant les tentures d'un salon. Ses mains cachent son sexe. Par cette précaution pudique, l'ange laisse entendre que son sexe est en érection, sinon, pourquoi le dissimulerait-il ? Pris en flagrant délit d'adultère, le couple est sous le choc. La jeune femme porte une nuisette transparente laissant apparaître de ravissants seins aux tétons orange vif assortis à la table basse et aux coussins du canapé. Ses bras sont noués en collier autour du cou de l'homme, qui est partiellement dénudé lui aussi dans sa robe de chambre en soie noire agrémentée de motifs abstraits. Et tandis que Jean contemple les amants peints, l'homme reprend son inspection du livre des possibles :

– Qu'est-ce que c'est que cette histoire ?

– Quelque chose ne va pas ?

– Tout. Enfin, rien. Regardez. La page de titre est vide… Le titre n'est pas non plus mentionné en haut de page comme c'est l'usage. De toute façon, il y a beaucoup d'autres problèmes avec votre livre…

– Ah bon ? Lesquels ?

– Le choix des mots, par exemple. Lisez plutôt : *décolonisation… contraceptif… scoubidou… magnétoscope…* Ça sent les années 1960 à plein nez. C'est une troisième, une quatrième, voire une cinquième réédition.

– Mais c'est impossible ! Il ne peut être paru en 1960 si ma grand-mère le lisait déjà à ma mère en 1943.

– C'était une autre édition. Écoutez, je le montrerai à mon patron dès qu'il rentre et je suis certain qu'il trouvera une explication.

– Vous n'êtes pas le patron ?

– Non. Je suis l'homme d'entretien.

– Mais vous êtes certain qu'il peut être remis en état ?

– Absolument. Je vous envoie un devis.

Jean tient un carnet de bord. *J'habite un studio au huitième étage d'un immeuble du boulevard Barbès. Je devrai rendre les clés à la fin de l'été. Une vieille connaissance de ma mère l'a mis à ma disposition. Je ne l'ai jamais rencontrée mais nous nous sommes entretenus plusieurs fois au téléphone. C'est une femme très aimable. Elle m'a expliqué comment me débarrasser de mes déchets ménagers et où aller m'acheter des vêtements sans dépenser une fortune. Il y a un grand bazar en bas de l'immeuble qui vend les caleçons et les chaussettes moins chères que les oranges. J'ignore comment je m'en serais sorti à Paris sans les conseils avisés de cette femme.* La pointe de son stylo bille produit un excès d'encre et laisse des queues de comètes au bout de certains mots. *Le quartier regorge de personnages principaux et secondaires. Principaux : mes voisins, l'épicier. Secondaires : les gens que je croise dans la rue. À Barbès, on trouve un magasin de tissus ou d'alimentation tous les dix mètres. Il y a des bistrots, des PMU et des Lavomatic. Les trottoirs sont jonchés de marchandises, de mères avec des poussettes, de vieux qui crachent et qui discutent, de vendeurs à la sauvette qui proposent cigarettes de contrebande et rasoirs jetables. Ça rit, ça parle fort, ça s'engueule. Je commence à comprendre Albert Camus quand il dit : le désespoir est silencieux.*

Jean bouquine, allongé sur un calamiteux lit à ressorts. Il ne sort que pour effectuer des réserves de pâtes et de flocons d'avoine. Son budget est calculé au centime près, les trois quarts de son argent passent dans l'achat de romans. Il lit tard dans la nuit, retarde le plus possible le moment de fermer les yeux, s'endort vers trois heures quand un calme éphémère se dépose sur le boulevard. Vers sept heures, le quartier reprend vie, les derniers proxénètes se couchent, les premiers travailleurs se hâtent vers le métro, il est alors inutile de s'obstiner à dormir.

Quand il ne lit pas, Jean postule. Au Lavomatic, il a trouvé un annuaire téléphonique qui, à force d'annotations ajoutées au fil de ses recherches, ressemble de plus en plus à un manuscrit en cours de correction. Jean cherche un boulot par tous les moyens. Il veut se constituer parisien. *Je suis comme ces Sénégalais qui ont promis d'envoyer de l'argent au village et de ne rentrer qu'une fois fortune faite.* Il barre cette phrase, qu'il trouve inappropriée. Au téléphone, neuf fois sur dix, la réponse est : « Rappelez à la rentrée. » Mais à la rentrée, il le pressent, ce sera pire. Avoir quelqu'un en ligne constitue déjà un miracle en soi. Comment sortir du labyrinthe de l'anonymat ? Comment étendre sa sphère d'influence au-delà de ce lit à ressorts et cette kitchenette éclairée par une fenêtre de toit au store défectueux ?

Il se fixe l'objectif de dix amis avant la fin de l'été. Quelques pâtés de maisons plus loin, du côté des Abbesses, le quartier regorge de bars et de restaurants. De Pigalle à la place Clichy, entre les sex-shops et les peep-shows, il y a des boîtes de nuit et des salles de concert. Jean n'a pas un sou en poche mais espère passer habilement l'épreuve du portier en se faisant passer pour un journaliste littéraire. Il veut croire que, préalablement imbibé de cocktails aux noms inventés par Ernest Hemingway, sous l'impulsion d'un trait de cocaïne inspiré par Bret Eston Ellis, il fera la rencontre décisive.

Il réussit à resquiller, boit l'eau du robinet des toilettes et danse pour paraître moins seul. Son déhanché ressemble au chasse-neige virage mais il s'en fout. Il s'en fout sur REM, George Michael, Cindy Lauper, Paul Young, Simply Red. Il s'en fout sans souplesse et avec la régularité d'un métronome. Son avenir est là, devant lui, sous ces spots, il en est sûr.

Son premier entretien d'embauche est un désastre. À la question « Pourquoi je t'engagerais toi plutôt qu'un autre ? », il perd ses moyens. Ses paumes deviennent moites. Sous son épaisse chemise à carreaux, des couleuvres de transpiration serpentent, oui, pourquoi lui, bonne question, comment convaincre Sylvain, le rédacteur en chef d'un journal de renommée sinon internationale, sinon nationale, sinon régionale, sinon municipale, d'un journal qui n'est même pas vendu en kiosque puisqu'il s'agit d'un journal gratuit qui survit grâce à la publicité, le choisirait, lui, Jean Favre ?

– Je lis couramment depuis l'âge de quatre ans.

– OK.

– Je ne sais rien faire d'autre.

– OK.

– Enfin, si, je skie, mais pas à un niveau professionnel.

Il sort de sa besace un classeur aux feuillets écornés, en

extrait une chronique rédigée à la main le matin même à l'aide de son stylo à bille qui laisse des comètes au bout des mots. Il la tend à Sylvain. Il y est question d'*Un long dimanche de fiançailles*, le livre dont tout le monde parle. Il est tenté d'expliquer ce qu'il a écrit à Sylvain mais ce dernier sait lire, ce ne sera pas nécessaire. D'ailleurs c'est ce qu'il fait, il lit attentivement, à moins qu'il ne s'endorme, c'est difficile à dire avec ce rideau de fumée entre eux. Et puis il fait chaud. Personne n'a envie de travailler par une chaleur pareille. Si on ne peut plus se la couler douce au mois d'août, alors, quand ?

– C'est chiant, finit par lui concéder l'homme susceptible de l'engager. C'est raide, amidonné, trop poli. Tu n'oses pas égratigner la littérature. On ne sent pas d'angle, de parti pris. On dirait un travail d'élève de seconde.

Jean pense en avoir terminé. Il se prépare à remballer ses affaires mais Sylvain ajoute :

– Ça pourrait être écrit par n'importe qui. Ton classicisme n'est ni brillant ni inventif. Ton classicisme est classique en fait. Il manque de chair et de contenu. C'est exactement ce que je cherche. Tu peux commencer quand ?

Son futur patron lui explique qu'il va devoir apprendre à synthétiser son propos. Inutile de tirer en longueur : dans la presse, l'espace c'est de l'argent, comme dans l'immobilier. Les longs textes ne sont lus par personne et ne font pas vendre. Il faut aller à l'essentiel, être assez percutant pour déclencher l'achat :

– Il faut que ça claque ! Tu règles ça en trois ou quatre mots. Poilant, touchant, profondément humain. Écorché, provocant, radical. Envoûtant et sans concession. Si tu hésites, tu viens me voir. Ensuite, tu mentionnes le prix du bouquin, le nombre de pages, la maison d'édition et tu passes à autre chose. Tu chroniques aussi les films ?

– …

– Les spectacles pour enfants ? Les expos ? Les ouvertures de discothèques et de restaurants ? Nickel ! Tu fumes ?

Non, Jean ne fume pas mais avec Sylvain, il n'est plus à l'abri de rien, il ne sait s'il doit dire merci ou aller se suicider, dans le doute, il tend une main molle et perplexe à son nouveau patron. Ils se fixent rendez-vous le lendemain matin à la rédaction.

La veine du débutant. À lui maintenant d'expliquer à sa famille ce poste inavouable. Ce que les gens pensent de lui importe peu d'une façon générale, mais qu'en est-il de sa mère ? Elle ne manquera pas de lui dire qu'il vaut mieux que ce qu'il fait, qu'elle est prête à l'entretenir jusqu'à ce qu'il trouve une place honorable dans un journal honorable. Elle lui conseillera de commencer par un stage dans une grande rédaction, insistera pour lui envoyer de l'argent chaque mois. Jean veut y arriver par lui-même. Il en fait un point d'honneur. Au père, il dira qu'il a trouvé une place dans la chaîne de grands magasins de sport Décathlon, il sera ravi. Il ne veut être un boulet pour personne, et encore moins pour ses parents. Sans compter qu'avant d'appeler sa mère au téléphone, il doit absolument aller récupérer le livre rue du Faubourg-Saint-Honoré. L'homme ne lui a toujours pas envoyé de devis. Rien ne dit qu'il puisse le restaurer. Il va sans doute devoir s'adresser à d'autres personnes. En dépit du temps libre et du désœuvrement apparent de ces dernières semaines, il n'a pas eu le temps de s'en occuper. Il est plongé dans la lecture et on le sait, le temps de la lecture n'est pas celui des agendas. De toute façon, on arrive à la mi-août et Paris est vide. La librairie rue du Faubourg-Saint-Honoré est probablement fermée et son patron quelque part sur la côte d'Opale, l'île de Porquerolles ou à Biarritz. D'ici quelques semaines, il aura plus de chances de le joindre.

Au journal, Jean fait la connaissance de Charles, le metteur au net, de Jeanne, la responsable des espaces publicitaires et de Clothilde, la réceptionniste secrétaire-trafic-planeuse et accessoirement petite amie de Sylvain. Ils parlent vite, entrent et sortent. Une fois sur deux, Jean ne comprend pas ce qu'on lui demande. Sur son bureau, les boulots s'accumulent. Ses premiers pas dans la vie professionnelle ressemblent à un parcours de sauts de haies. Les haies ne sont pas des haies mais des échéances (en anglais, des *deadlines*). S'il ne les franchit pas dans le temps imparti, s'il n'a pas lu le livre (ou vu le film ou assisté à la réouverture du restaurant ou interviewé l'adjoint au maire à l'occasion du vernissage des céramiques de son fils) et rendu son texte dans les délais, autant rentrer chez lui et changer de métier vu qu'on perd le client qui a placé en lui toute sa confiance en payant une fortune le quart de page de publicité en soutien à son article de deux cents signes. Jean résiste. Il se sent vivre. Cette urgence sans flammes ni bombes entretient son taux d'adrénaline. À chaque fois, il a l'impression de sauver l'humanité du désastre, de l'inflation et du chaos. Renversant ! Fascinant ! Éblouissant ! Médusant ! Indispensable ! À lire absolument ! À voir absolument ! À écouter absolument ! Quand il n'est pas noyé dans les *absolument*, il déjeune avec Charles qui est devenu son ami et son conseiller vestimentaire. Jean s'achète un Levi's 501 et s'offre ses premières vodkas en boîte de nuit.

Ce matin comme chaque matin, il repousse le moment d'ouvrir les yeux, écoute les bruits qui proviennent du boulevard, prête l'oreille aux camions de la voirie, aux sorteurs tardifs cherchant désespérément le chemin du retour et aux premiers travailleurs qui s'engouffrent dans le métro. Ces bruits lui sont devenus familiers, ils coulent dans son oreille comme un ruisseau : le ruisseau de l'acclimatation. Il se repasse le film où de simple échantillon humain maladroit, incertain, désorienté, locataire temporaire d'un studio exsangue à l'unique fenêtre mansardée, il est devenu Parisien. Quelques heures auparavant, il dansait sur la piste d'une boîte de nuit des Grands Boulevards. Il était arrivé tôt dans l'idée de rentrer tôt, de se lever tôt, de lire, d'écrire, de remettre son article dans les temps et d'aller déjeuner avec Charles vers 13 heures. Quelques heures auparavant, il dansait sur *Caroline* de MC Solar, certain de rencontrer bientôt la femme de sa vie.

- 8 -

Ils sont arrivés en meute vers 1 heure du matin. On ne va pas se mentir, Alice adore ça : avoir dix-sept ans et être reçue comme une reine dans les boîtes de nuit. Sentir les regards se poser sur elle, être enviée, applaudie, détestée, autorisée à tout foutre en l'air, à commencer par elle-même.

Ils se sont comportés en propriétaires, ont réécrit le règlement de l'établissement, se sont hissés derrière le comptoir et ont ouvert les frigos sans en avoir reçu la permission, se sont ravitaillés en champagne sans passer par la case serveur, ont écrasé les filtres de leurs joints dans l'évier, ont envahi la piste de danse et fait le vide autour d'eux. Ils fêtent la fin d'un tournage et au prisme de la jolie petite somme qu'ils vont dépenser ce soir, le patron serait mal inspiré de les mettre dehors.

Une première coupe se brise et Mario demande à un serveur de ramasser la casse, de déplacer les tables, d'offrir davantage de place à leur ébriété. Alice est *stoned*, mais pas au point de confondre une étoile de mer et la main de Mario sur sa fesse.

– Je vais te chercher une autre coupe, mon bébé.

C'est comme ça qu'il l'appelle : mon bébé. C'est d'autant plus embarrassant que cela répond à une certaine logique. Mario pourrait être son père. Producteur, la cinquantaine abordée, une sexualité en forme de bombardier furtif, Mario devient redoutable quand il a les mains vides. Depuis la piste de danse, Alice le regarde convoiter la serveuse qui tente de remettre un peu d'ordre derrière le comptoir. Dans quelques minutes, il reviendra l'asticoter, elle. Dans la pénombre, à droite du bar, un garçon danse. Enfin, danse, c'est une façon de parler. Il conserve les poings fermés, fléchit les genoux. On dirait qu'il skie. Elle se dirige sur lui, lui prend la main et l'entraîne vers la sortie.

– Je vous expliquerai dehors, promet-elle.

Il se laisse embarquer. Dehors, il y a autant de monde qu'à l'intérieur. Un cordon sépare les habitués des occasionnels. Un videur massacre les non éligibles. Alice entraîne Jean loin de la petite foule. Il ne le sait pas encore mais c'est sa façon de danser, maladroite et dénuée d'intention de plaire, qui a décidé Alice à le choisir lui plutôt qu'un autre pour se soustraire aux assauts d'un producteur qui n'était que souffle et salive devant son petit corps d'écureuil. Ils prennent la direction de Pigalle. Au début, il lui oppose une résistance de principe, mais très vite il épouse ses pas, la tire à son tour comme dans le film de Claude Lelouch que sa mère adore. Ils marchent sur le terre-plein central qui divise le boulevard en deux.

– Tout va bien ? demande-t-il.

– Désolée, il fallait que je me casse. Ne le prends pas mal, j'avais besoin d'un solide prétexte. Les gens avec qui je me trouvais sont comme ma famille et je ne pouvais partir sans une bonne raison.

– Si je comprends bien, je suis ta bonne raison, dit Jean sans se démonter.

L'air est doux. Une brèche s'est ouverte.

– Alice.

– Jean.

Jean a conscience d'avoir été élu parmi des dizaines de garçons. Quand il a fallu sauver une fille ravissante des griffes d'un prédateur, il n'a pas hésité à voler à son secours. Une demi-heure plus tôt, ce rôle n'existait pas dans ses fantasmes les plus fous.

– Je vais te déposer à une station de taxis.

– Tu es gentil mais je peux me déposer toute seule.

– Tu es certaine ?

– Oui. Au fait, tu viens d'où ?

– Pourquoi ? J'ai l'air de venir de loin ?

– Bah, quand même. Les ourlets dans tes pantalons, l'épaisseur de ta chemise, ta façon de danser, les pieds emprisonnés dans un bloc de ciment. Ton accent surtout.

– Qu'est-ce qu'il a, mon accent ?

– Bah, t'es Suisse, non ?

– Essaie encore.

– Canadien ? Tchèque ? Je donne ma langue au chat.

– Savoyard.

– Ah ! Tu vois ? Je n'étais pas loin !

Une fois qu'ils sont arrivés à l'angle de la rue des Martyrs, un transsexuel au travail les gratifie d'un revigorant « Boa noite, les amoureux » qui encourage Jean à reprendre la main d'Alice. Il ne se fait aucune illusion. Elle n'a aucun projet en tête. Toutes les conditions sont réunies pour une grande histoire d'amour. Ils marchent encore quelques centaines de mètres. Au carrefour de la rue Barbès et du boulevard Rochechouart, Jean dit :

– Bon, je suis arrivé, on va t'appeler un taxi.

– Attends… Tu vas me trouver bizarre mais j'aimerais dormir chez toi cette nuit. Tu as un canapé ? Sinon, je dormirai par terre. Je promets de ne pas te piquer ton fric ou ta came. Je me suffirai de ta compagnie. Voilà des semaines que je rêve de dormir et avec toi, je crois que c'est possible.

Jean est disposé à jouer le rôle du somnifère. Épuisés par huit volées d'escaliers, ils se jettent habillés sur le lit encombré de bouquins sans s'être donné la peine d'enlever leurs chaussures. Elle aime l'odeur poivrée des livres, celle de transpiration qu'exhalent les draps. Elle demande à Jean de lui lire quelque chose. Il choisit *Yan Andrea Steiner* de Marguerite Duras pour le caractère hypnotique des phrases, le rythme si particulier de l'écriture. Ils ne s'embrassent pas, ne font pas l'amour, certains qu'ils ne feront rien d'autre les dix prochaines années.

- 9 -

En latin, papa se dit *tata*, *pater* ou *genator*. Le mot *papa* existe également et recouvre un ensemble de compétences allant bien au-delà du sens commun qu'on lui attribue aujourd'hui. *Papa* est le père nourricier, les enfants désignant par *pappa* la nourriture. Avec la chrétienté, le titre de *papa* revient aux évêques et aux papes. On doit dès lors à son papa respect de droit divin, obéissance et soumission. Il faut encore des siècles avant que le mot *papa* n'entre dans le langage courant et ne désigne le père de famille. En somme, *Notre Père qui êtes aux cieux, que votre gloire soit sanctifiée* relève à la fois du divin et du séculaire. Qu'un pouvoir aussi vaste traverse les époques et désigne des bons à rien, parfois de simples fournisseurs de sperme, nous interroge.

Habemus papam ? Pour Alice, rien de moins sûr. Elle n'a jamais su qui était le sien. Sa naissance coïncide avec la sortie en 1962 de l'unique film américain dans lequel apparaît sa mère Michèle Clair, actrice aux sourcils en forme de voûtes de cathédrale et aux lèvres-pétales dont la couleur reste indéfinie, les images ayant été considérablement modifiées à l'étalonnage.

Le vrai nom de Michèle Clair est Cécile Cornet. Le film en question, *Complexe de l'orchidée*, est une production franco-américaine. Il a donc été tourné par deux équipes, l'une hexagonale, l'autre étasunienne. Alice a de fortes présomptions quant au fait que son père se trouve au générique du *Complexe de l'orchidée*. Côté américain, elle a répertorié quarante-sept hommes susceptibles d'avoir succombé à l'accent parisien et aux lèvres-pétales de sa maman, parmi lesquels le réalisateur du film, le producteur exécutif, le chef déco, le chef opérateur et des techniciens de toutes sortes. Côté français, elle en a dénombré une trentaine à laquelle viennent s'ajouter des hommes qui ont tourné d'autres films avec sa mère, en France cette fois, et qui disent avoir biberonné Alice.

Quand Alice regarde un générique de film, tous ses pères potentiels la regardent. Cette superposition de noms, de temps et de lieux nourrit sa confusion entre famille et cinéma. Sa terre natale est en ce sens un trompe-l'œil, un décor de carton, au mieux un paysage naturel en seize neuvième.

Estimant que sa fille apprendrait davantage sur les plateaux de tournage qu'à l'école maternelle, Michèle Clair l'emmena dans les studios, sur les tournages en extérieur, dans les caravanes de maquillage, où, pour le plus grand bonheur d'Alice, tout le monde était un peu le papa et la maman de tout le monde. Ce n'est qu'à son entrée à l'école primaire, quand sa maîtresse lui demanda le prénom de son papa, qu'Alice percuta. On avait un seul papa et une seule maman, c'était la norme. Elle interrogea la sienne. Carnet de naissance à l'appui, sa mère lui expliqua la situation sans toutefois lui révéler l'essentiel : elle l'avait élevée seule et Roger, Gérard, Jean-Nicolas, Jeannette, Sybille, Antoinette, Corinne lui avaient donné un petit coup de main. Elle avait été ce qu'on appelait encore à l'époque une fille-mère.

Alice grandit avec cette information et s'en suffit dans la mesure où le grand absent de l'équation l'était pour elles deux et qu'elle n'aurait pas supporté de voir la sublime Michèle Clair des plateaux de cinéma, ce personnage captivant et lumineux au maquillage parfait et aux cils recourbés fondre en larmes et brouiller son teint au bénéfice de la très sombre Cécile Cornet au visage sans relief sur la photo de sa carte d'identité.

À l'adolescence, quand tout se bouscule dans la tête et

qu'on en vient à douter de ce que nos parents sont nos véritables parents, Alice se surprit à éplucher les génériques des films dans lesquels sa maman avait joué et, décontenancée par la multiplication vertigineuse des possibles, accula sa mère à lui fournir un indice, une piste. C'est ainsi que le nom de Donald Parr surgit du néant. Donald Parr, le producteur américain du *Complexe de l'orchidée*, film dont le tournage coïncidait avec la période de sa conception. Ainsi Alice découvrit-elle qu'elle était le fruit d'un arrangement entre le Donald en question et l'actrice qui se faisait appeler Michèle Clair. Marié, Donald aurait versé à sa petite actrice française une pension alimentaire depuis 1973, l'année de naissance d'Alice, son élan de générosité le plus significatif ayant été la donation notariée d'un appartement boulevard de Courcelles, deux cents mètres carrés avec concierge dans l'un des plus beaux quartiers de Paris.

Alice tenta alors d'entrer en contact avec Donald Parr qu'elle ne parvint jamais à joindre ni par courrier ni au téléphone. Elle lui envoya des télégrammes qui restèrent sans réponse. Malgré la cohérence apparente de l'arrangement financier, Alice soupçonna sa mère d'exercer un chantage sur cet homme. Elle se promit de prendre l'avion dès qu'elle atteindrait l'âge de la majorité et serait autorisée à voyager seule. En attendant, elle poursuivit ses investigations, continua à éplucher les génériques, à interroger les équipes, à tenter des recoupements ne conduisant nulle part. Prise dans la tourmente de ses origines, elle décrocha du programme scolaire et demanda à Mario, producteur et seul comparse de sa mère ayant côtoyé directement Donald Parr sur le tournage du *Complexe de l'orchidée*, de l'engager sur un film au titre de troisième assistante de ce qu'il voudrait. Elle était prête à servir le café. Toutefois, à choisir, elle préférait s'occuper de la lumière, ayant compris très jeune qu'il s'agissait du poste le plus important au cinéma.

- 10 -

Jean s'installe chez la mère d'Alice. L'idée est moins de gagner en confort que d'avoir un endroit où entreposer ses livres qui depuis son arrivée à Paris s'accumulent à un rythme soutenu. L'appartement de Michèle Clair est gigantesque et inondé de lumière. Il domine le parc Monceau. Avec sa rotonde, ses carrousels, ses vendeurs de crêpes et de crèmes glacées, ses érables sycomores, son Ginkgo Biloba, son platane d'Orient, ce parc est une merveille. Depuis l'appartement, on peut observer les gens ou encore, se promener nu de pièce en pièce grâce à la chaleur prodiguée par les vieux radiateurs en fonte qui, ajoutés au soleil traversant, donnent à cet endroit un je-ne-sais-quoi de station de montagne. Les chambres sont bien agencées et la plupart inoccupées. Jean en choisit une et y aménage un bureau. La mère d'Alice est un courant d'air, une brise discrète entre deux absences. Jean lui a parlé une fois au téléphone mais ne l'a jamais rencontrée. Il lui arrive de se demander si elle existe vraiment.

Il emménage avec ses quelques affaires et cherche en parallèle un nouveau travail. Simon, le metteur au net, a démissionné et a trouvé un poste dans une agence de publicité. C'est un autre monde. Il s'y est fait plein d'amis. Son salaire a été multiplié par trois. Les horaires sont souples. Il se déplace en taxi et fait des pieds et des mains pour convaincre Jean de le rejoindre. Mais pour Jean, la publicité n'est pas une option. Même si les articles qu'il rédige sont plus courts que des télégrammes, Jean reste un journaliste, pas un vendeur de yaourts. S'il doit opérer un changement dans sa carrière, ce sera pour rejoindre un journal plus sérieux, avoir davantage de liberté et d'autonomie, de temps pour lire et de colonnes à écrire.

– Mais tu n'auras que ça, mon vieux, du temps ! Tu seras au paradis ! Tu liras toute la journée, les pieds sur la table ! Tu auras même un canapé ! Moins tu en feras, plus on te respectera. Alors je t'explique : le concepteur-rédacteur arrive au boulot aux alentours de 10 heures 30. La première chose qu'il fait, c'est aller se chercher un café à l'autre bout de l'agence. Le temps de dire bonjour aux commerciales, généralement très mignonnes, et de revenir dans son bureau, il est 11 heures. Son directeur artistique a passé la nuit à fignoler les maquettes qui partent chez le client. Les commerciales viennent récupérer les maquettes et remercient le rédacteur en critiquant les maquettes du directeur artistique médusé. Ensuite, le rédacteur déplie les journaux du jour déposés sur son bureau le matin à la fraîche. Ils sentent encore l'encre d'imprimerie. Il faut qu'il s'informe, tu comprends. Il doit être au fait de l'actualité, s'imprégner de l'air du temps sans quoi ses slogans sonneront faux. Il passe deux ou trois coups de fil (généralement pour dire à sa régulière qu'il bossera tard ce soir). Il sort déjeuner avec d'autres rédacteurs qui travaillent dans d'autres agences. Vers 16 heures, il s'y met, pond deux ou trois accroches, parfois un texte entier quand il est très en forme. Texte dans lequel il prend soin de semer quelques erreurs (il ne faudrait pas trouver la solution trop vite, ça donnerait l'impression que le boulot est facile). Quand on ose lui demander où il en est, il explose. Il ne peut travailler sous la pression, tu comprends. Il négocie une *deadline*, repousse au maximum la date de présentation. Si la responsable du trafic ne coopère pas, il va trouver le directeur de création, jette ses trois idées pourries (selon ses propres termes) sur la table, argue qu'on ne lui laisse pas le temps de travailler, que le briefing est incompréhensible, il exige un briefing qui fasse sens, autrement dit un retour immédiat à la case départ. Crise de larmes chez les commerciales. Nouveau briefing. Le record toutes catégories du slogan foutage de gueule, c'est *Merci, les carottes*. Jean, écoute ça : six rédacteurs planchent sur une campagne nationale à la demande d'une coopérative de légumes. Au bout du troisième mois, un directeur artistique quelque peu échaudé par la désinvolture de son concepteur-rédacteur occupé à lire le dernier James Ellroy les deux pieds sur la table pendant que lui s'escrime à dessiner les carottes les plus réalistes possibles, hurle « Ah ben, merci les carottes ! » et envoie valdinguer sa table à dessin. Tout le monde s'arrête de respirer. C'est le slogan du siècle. En même temps, c'est bien *Merci, les carottes* pour une marque qui vend des carottes. C'est direct. Synthétique. Convivial. Mais bon, six mecs mobilisés pendant trois mois pour pondre *Merci, les carottes*, tu avoueras que c'est confortable. Et non seulement les clients te félicitent (tu les sauves du néant), mais les responsables du budget te gratifient d'une prime (pour avoir gonflé leur marge brute). Alors, à ta place, j'y réfléchirais à deux fois avant de refuser. Toi et moi, on fera un duo formidable.

Alice est en tournage. Il leur arrive de ne pas se voir plusieurs jours d'affilée. Il reste alors seul dans l'appartement avec le fantôme photographique de Michèle Clair. Quand Alice rentre, seul le nombre de livres a changé.

Il retourne rue du Faubourg-Saint-Honoré et cette fois, le patron le reçoit. Il est rentré de Syracuse. Ne cache pas son intérêt pour l'objet particulièrement insolite, sa reliure (dont il n'est pas parvenu à dater formellement la date de fabrication), son état de conservation relativement bon en dépit de ses petites imperfections.

– J'ai fait ce que j'ai pu, minaude-t-il, revenant du fond du magasin avec un livre que Jean jurerait voir pour la première fois. Je ne peux l'améliorer davantage, ajoute-t-il. Vous avez beaucoup de chance, jeune homme, vous êtes l'heureux propriétaire d'un livre absolument exceptionnel et vous êtes tombé dans un établissement d'une honnêteté irréprochable. J'en connais quelques-uns qui auraient hésité à vous le rendre. J'avoue avoir moi-même envisagé cette possibilité. Mais qu'en aurais-je fait ensuite ? J'aurais été contraint de le vendre sous la manche comme on dit, et ça, ce n'est pas le style de la maison. Je suppose que vous en attendez une bonne somme. Pour vous dire les choses comme je les vois, sa place n'est pas chez un particulier mais à la Bibliothèque Nationale de France. Je peux bien sûr vous proposer un meilleur prix que la Bibliothèque Nationale, mais c'est à vous de me dire ce que vous comptez en faire.

– Je n'avais pas l'intention de le vendre, répond Jean, pris au dépourvu.

Pour donner le change, il fait mine de considérer l'offre tout en feuilletant les pages d'un livre qui n'a plus rien de commun avec celui qu'il a apporté. La couverture est d'un beau cuir lisse orangé. Le texte est essaimé d'aquarelles originales à dominantes oranges et noires représentant les scènes emblématiques du récit. Leur style est identique à celui des aquarelles de l'édition originale que l'homme au cache-poussière lui a montré en exemple un mois auparavant.

– Votre homme d'entretien est là ?

– Je l'ai renvoyé. Il prenait des initiatives qui n'entraient pas dans son champ de compétences. Alors ? Vous le vendez ?

– Je vais réfléchir.

– C'est exactement ce que je ferais à votre place, acquiesce l'homme en notant un numéro de téléphone sur un bout de papier, qu'il glisse ensuite entre les pages du livre.

Sa mère va le tuer. Ce livre n'a plus rien de commun avec celui qu'elle lui a confié. Jean s'est fait rouler dans la farine. Pourquoi n'a-t-il pas protesté, dit au libraire que les transformations apportées sont inacceptables et qu'il exige qu'on le lui rende sous sa forme originale ? Qu'il soit estimé à un million ou à cinquante centimes n'est pas la question, Blanche n'a pas besoin d'argent, elle a besoin du livre que sa mère lui lisait quand elle était enfant. Tandis qu'il remonte la rue du Faubourg saint Honoré en direction de la place des Ternes, il sent une colère monter en lui, un fin duvet se constituer sur son épiderme, ses ongles se décoller et laisser place à de longues serres coupantes. Les serres ne sont pas pratiques pour feuilleter le livre et risquent de l'endommager. Mais il ne peut s'empêcher de l'inspecter en pleine lumière, d'émettre des hypothèses tout en marchant. Soudain, il comprend. Le patron ! C'est forcément lui qui a pris l'initiative. Il n'était pas absent du magasin lors de sa première visite, il était dans l'arrière-salle, en train de les écouter. Il a choisi les éditions originales du roman d'Anatole France, les remettait à l'employé qui bien sagement les apportait à l'avant du magasin pour les lui montrer. Il s'agit d'une arnaque bien conduite, comment a-t-il pu être aussi naïf ? Un client apporte un livre. On l'amadoue en mettant côte à côte son livre et d'autres de valeur largement supérieure. On le fait hypothétiquement entrer par la grande porte sur le marché du livre rare. L'employé récupère son exemplaire, avec la promesse de le restaurer. Le libraire l'adresse à un faussaire, lui fournit des consignes millimétrées. Quand le travail est terminé, il restitue son livre au client en lui assurant qu'il vaut désormais une petite fortune, se propose de le lui racheter. Le client ne dément pas, trop content de l'aubaine. Il promet de réfléchir et revient quelques semaines plus tard avec une offre. La vente se fait, certificat d'authenticité à l'appui (généralement fourni par un expert véreux). Le libraire se couvre, puisqu'il est l'acquéreur. Il patiente un peu et met le livre aux enchères, fait grimper son prix à des sommets jamais envisagés.

Jean renonce à expliquer la situation à sa mère. Il sera toujours temps de lui parler à la Toussaint ou à Noël, quand il descendra.

Il prend conscience de ce que la littérature est pour lui le seul endroit habitable. Dans le monde réel, tout est confus, pressé, illisible. Un médiocre brouillon. Un matin en partant travailler, il trouve dans la boîte aux lettres une carte postale sur laquelle une divinité hindoue à trompe d'éléphant dotée de quatre bras adresse à celui qui regarde un trident, une conque, un faisceau lumineux et une assiette remplie de boulettes de riz. Il retourne la carte postale et lit au dos, en tout petit : *Ganesh*. Il reconnaît l'écriture de sa sœur. Elle l'invite à le rejoindre à Rishikesh, ville de pèlerinage au pied de la chaîne himalayenne. Elle voudrait l'effrayer, elle ne s'y prendrait pas autrement.

Il appelle aussitôt sa mère qui lui confirme que Cécile est bien partie en Inde pratiquer le yoga et la médecine ayurvédique. Elle l'a annoncé à toute la famille, excepté à lui. Quoi d'étonnant ? Il n'était pas là.

– Enfin, maman, tu aurais pu m'avertir. J'aurais trouvé le moyen de l'en dissuader !

Blanche aussi est inquiète. Elle a beau avoir lu quelque part que, dans sa jeunesse, Bouddha a vécu debout et immobile sur un seul pied (dans la posture de l'arbre), elle n'est pas certaine que Cécile ait les reins aussi solides que Bouddha. Si elle se noie dans le Gange, la repêcheront-ils ? Sans compter les amibes, la vétusté des hôpitaux (quand il y en a), l'insécurité routière, la lenteur des services postaux (la carte a été expédiée il y a plus d'un mois), la mauvaise distribution de l'eau courante et de l'électricité. Est-ce que

Jean veut bien prendre l'avion et aller voir là-bas de quoi il en retourne ? Elle subviendra à ses frais de voyage.

– Non, maman, il est hors de question que tu subviennes à quoi que ce soit, je gagne ma vie.

– Depuis six mois.

– Je vais y aller.

– Tu es un amour.

– Mais je le fais pour toi, pas pour Cécile. Qu'est-ce qui lui a pris, elle est cinglée.

– Et tes candidatures dans un grand journal, ça avance ?

– Pas vraiment.

– Je crois en toi, mon trésor. Tu vas être engagé, j'en suis convaincue, ce n'est qu'une question de temps.

– On verra.

– Et Alice, quand nous la présentes-tu ?

– Il faudrait pour ça qu'elle soit là. Elle enchaîne les tournages.

– C'est bien, Paris, mais ne t'y perds pas.

Il pose deux semaines de congé, achète un billet, se fait vacciner, renoue avec Hermann Hesse et Rudyard Kipling, met un guide touristique et le *Mahabharata* dans sa valise. Le jour de son départ, il a tellement voyagé qu'il se demande si partir est encore nécessaire avant de se souvenir que sa destination n'est pas l'Inde, mais sa sœur. Dans l'avion, il lit *Le feu* d'Henri Barbusse, part au combat. Il y a Paradis, Volpatte, Porteloo, Fouillade, Salavert, Barque, Tirette et Cocon. Il découvre la violence crue des combats, la souffrance des camarades. À mille deux cents mètres du plancher des vaches, traversant à vol d'oiseau l'Europe de l'Est et l'Asie du Sud-Ouest, il survit à un orage d'acier en 1916, rencontre les puissants de la finance et de l'industrie qui, près d'un siècle plus tôt, ont précipité de simples gamins dans la boue et le chaos. Quand l'avion atterrit, il est page 418 et il faut à son cerveau quelques minutes pour atterrir lui aussi.

Sur le tarmac, Cécile lui adresse de grands signes. Drapée dans un sari safran, elle a troqué ses béquilles contre des cannes en bois de cèdre, porte aux poignets des bracelets en argent qui tintent dans l'enthousiasme des retrouvailles. Elle n'a plus rien d'une éclopée. Ici, à l'instar des divinités qu'ils vénèrent, les gens ne sont pas tenus de se limiter à un nombre précis de bras ou de jambes. Les règles anatomiques sont moins strictes. Toute l'attention est mise sur l'énergie, les chakras. Jean s'est un peu documenté sur le sujet. En la voyant, il n'éprouve aucune joie et ça le désespère. Il la serre dans ses bras et il ne se passe rien.

Cécile habite sur les hauteurs de Rishikesh. Elle partage une maison avec des filles de son âge, des Anglaises, une Danoise et une Hollandaise. Depuis la terrasse où sont disposés les tapis de méditation, les toits de Rishikesh dévalent en cascade jusqu'au fleuve où de gigantesques statues représentant Shiva, Parvati, Vishnu et Lakshmi bordent l'eau. Jean est accueilli par les filles sans excès de folklore. Elles se contentent de lui expliquer que les *asanas* ne sont pas des fruits exotiques mais des postures de méditation. Jean a mal au ventre. Il est heureux de se rafraîchir après dix-sept heures de voyage. On le conduit jusqu'à une salle de bains relativement conforme à ses attentes. Il se détend. Les pensionnaires de cette maison ont la tête sur les épaules. Le cliché du gourou retenant captives de naïves elfes nordiques ne tient pas. À côté du miroir au-dessus de l'évier, une affiche montre les Beatles en pèlerinage à Rishikesh en 1968. Ils sont assis en tailleur autour du maître yogi Maharshi Mahesh, le gourou de John Lennon. Ils portent des chemises à fleurs, des gilets en patchwork crochetés à la main et des vestes en peau de mouton. Ringo fait une drôle de tête, mais il fait toujours une drôle de tête, alors, comment savoir ce qu'il pense, embarqué par erreur dans cette aventure par son ami John ? Une vieille coupure de presse jaunie a été collée au bas du poster. Trois colonnes subsistent (la quatrième a été arrachée) où il se dit qu'en l'absence de fans et de journalistes, les Beatles ont vécu à Rishikesh l'une des périodes les plus inspirées de leur carrière. Ils y ont écrit une quarantaine de chansons qui plus tard se sont retrouvées sur leur album blanc. L'article évoque les allergies alimentaires de Ringo Starr venu pourtant à Rishikesh avec sa propre réserve de boîtes de haricots cuits Heinz. Jean a de plus en plus mal au ventre.

Sur la terrasse, une séance de yoga a débuté. Entre les mille petites corrections que Cécile s'inflige pour se maintenir en équilibre sur un pied et les mouvements déliés des autres filles, le contraste est frappant. Jean ressent dans ses propres muscles les efforts fournis par sa sœur. Il résiste avec elle, prie pour qu'elle ne tombe pas, ne se luxe la cheville valide, ne se trompe de mouvement. Il est aussi inquiet qu'à quatre ans quand sa grande sœur interprétait le rôle de Gisèle dans le ballet de fin d'année de son école de danse. Aux postures debout succèdent celles au sol. Affranchie des lois de la gravité, Cécile montre plus d'assurance. Elle n'est plus en équilibre précaire sur une jambe mais à l'avant-poste. Ce sont les autres désormais qui la suivent et s'appuient en esprit sur ses enchaînements de mouvements. Jean est impressionné. Ses sentiments sont troubles. Il devrait être heureux. Sa sœur s'en est sortie. Elle se hisse déjà au rang de divinité locale. Et pourtant il est contrarié. Il ravale un sentiment plus proche de l'amer que du sanglot. Une colère l'agite, qu'il ne comprend pas et qui ne semble pas lui appartenir.

Il appelle sa mère et la rassure. Cécile va bien. Elle semble avoir trouvé son équilibre ici. L'endroit est magnifique. La nourriture est saine. Dans la salle d'eau, il y a un poster des Beatles et en Inde, Ringo Starr mangeait des haricots en boîte.

– Qu'est-ce qu'il y a, Jean ?

– J'ai mal au ventre.

– C'est l'Inde, mon chéri. Prends la petite pilule que le médecin t'a prescrite.

– Et à la maison, comment ça va ?

– Ton père a entamé une grève du silence. Il ne se fait pas au départ de Cécile. Avoir une hippie dans la famille lui fait honte. Le dimanche chez papy, quand tes cousins demandent des nouvelles de ta sœur, il parle omble chevalier, truite, brochet, association sans but lucratif, sentiers de randonnée praticables, refuges recommandés, rénovations du magasin, isolation des murs, façades à ravaler, toitures à retuiler. À la maison, c'est pire, il fait comme si je n'existais pas. Il regarde le prunier, semble attendre l'été, l'apparition des fruits dont la forme lui rappelle les magnifiques testicules fermes et violacés de sa jeunesse…

– Maman, s'il te plaît !

– Pardon, mon chéri, ce n'est pas ce que je voulais dire. Je n'en peux plus.

Elle veut croire que de la muette méditation autocompassionnelle d'Émile naîtra le début d'une réflexion.

– Faut que je te laisse, maman. Ici, il est deux heures du matin.

Les filles lui ont préparé un tapis de sommeil, des bougies, de l'encens, quelques fruits joliment disposés dans une assiette. Il s'est allongé dans l'odeur âcre des eaux usées qui dévalent librement les ruelles. Pour lui, il n'est pas encore l'heure de dormir. Il sort *Le feu* de sa valise, s'enfonce dans les terres infertiles de la guerre. Déjà, il respire mieux. Un monde plus dense prend forme. Et tandis qu'à quelques mètres de lui les grenouilles donnent un concert assourdissant, tandis que du Gange montent les rumeurs, qu'enveloppées dans leurs châles multicolores les filles s'endorment, Jean commence à ramper dans les tranchées boueuses de la littérature.

Plus tard, quand enfin le sommeil consent à le cueillir, quand le film de son arrivée à Rishikesh se déroule avec ses milliers de pèlerins abîmés dans la prière, ses dévots assis sur les marches du Triveni Ghat, ses murmures hypnotiques, ses cérémonies de purification et ses morts flottant vers leur prochaine incarnation, tout ça lui semble moins réel que les soldats qui l'observent depuis les tranchées ennemies.

2002

- 11 -

Jean a renoncé à rendre le livre à sa mère quand il a compris pourquoi elle le lui avait confié : il change tout le temps. Un jour, c'est le titre, le lendemain, sa consistance ou la couleur de la couverture, le surlendemain, le nombre de chapitres, la graisse des lettres ou l'épaisseur du papier. Jean sait (il n'est pas fou) que ce genre de phénomène est scientifiquement impossible et pourtant, il est forcé de reconnaître que le livre des possibles n'en fait qu'à sa tête, il est mû par une existence propre et se fiche complètement des règles d'usage. C'est devenu évident le jour où un avertissement s'est invité aux premières pages, s'ajoutant aux innombrables modifications accumulées au fil des ans.

AVERTISSEMENT

Ce livre se réserve le droit de changer de contenu, de se contredire, d'être incomplet, de ne pas terminer ses phrases, de se moquer de tout, de changer de titre, d'auteur, de maison d'édition, de nombre de pages, de format, de couverture, d'illustrations et de tout ce qu'il jugera bon de modifier. Il décline toute responsabilité en cas d'inconfort du lecteur, d'inadéquation à ses attentes, de préjudice fait à sa sensibilité ou de malaise cardiaque.

Jean a aussitôt acheté un coffre en métal à code chiffré. Il eût été fâcheux que quelqu'un découvrît le livre en pleine mue. Lui-même n'en a jamais été directement témoin. Il n'a pu constater de changements qu'*a posteriori*, comme si le livre *savait* qu'on l'observait et attendait qu'on ait le dos tourné pour se flanquer d'un nouvel avant-propos, supprimer un chapitre, changer de narrateurs, d'orientation sexuelle, ajouter un protagoniste, compléter le glossaire ou revoir entièrement la biographie de l'auteur. Quand on sait que certains rêvent de brûler les livres alors que leur texte est gravé dans le marbre, on n'ose imaginer ce qu'il adviendrait d'un livre qui ne s'interdirait rien, serait ouvertement indocile et hermétique à la censure : ce serait la guerre d'entre toutes les guerres, la guerre finale. Un tel livre exige un minimum de maturité, une préparation mentale, des années de pratique de la liberté, cogite Jean durant ses longues nuits d'insomnie. Force est de constater que nous ne sommes pas prêts, que nous n'avons jamais été aussi loin de l'être. On ne peut confier ce livre à la connaissance générale qu'en prenant d'infinies précautions. Blanche n'a plus l'âge de s'en occuper, elle a le cœur fragile et déjà assez de soucis avec Émile. Elle arrive à un âge où on relit volontiers ses favoris, John Steinbeck, Carson McCullers, et cette jeune écrivaine très prometteuse qui a mis près de dix ans à écrire son *Maître des illusions*, quel est son nom déjà ? Ah oui, Dona Tartt.

Jean aimerait consulter une pointure, quelqu'un comme Umberto Eco ou un éminent métaphysicien, un théologien chevronné ou un génie en physique quantique. L'un d'eux a peut-être eu vent d'un cas similaire, d'un livre en mue constante qui semble se faire et se défaire, dont le texte, la reliure jusqu'aux composants chimiques se modifient, évoluent comme des personnages. Mais ce faisant, il craint que l'affaire s'ébruite, il craint de se voir confisquer le livre pour raison de sûreté nationale. Non, il ne peut faire confiance à personne. Une fois son existence révélée, l'ouvrage sera soumis à toutes sortes d'expertises (et pas seulement des analyses de texte). On lui fera subir des tests en laboratoire, des radiographies, des prélèvements biochimiques. Ce qui est sûr, c'est qu'on ne voudra pas le lui rendre. Au nom de l'intérêt général, il sera conservé en milieu stérile, à température et lumière constantes, dans un endroit isolé et inconnu de tous, au mieux, dans la vitrine d'un musée où des touristes venus du monde entier seront prêts à payer des sommes indécentes pour le voir se transformer sous leurs yeux. Et ça, Jean ne peut en supporter l'idée. Bien sûr, la mue n'adviendra pas dans l'agitation fébrile des visites, la mue ne s'effectue jamais en présence de spectateurs, elle se produit dans l'ombre et dans le calme, mais ils en voudront toujours davantage : des caméras le filmeront 24 heures sur 24, on cherchera à le prendre en traître. Le texte considéré à un temps T aura été imprimé à plusieurs millions d'exemplaires et traduit dans vingt-huit langues que déjà sortiront ses versions T' et T''. Il deviendra un dogme pour les uns, un outil de communication pour les autres, chacun se fera un devoir de le classer dans une catégorie, la sienne, alors qu'au vu de son avertissement et par sa constitution même, il est inclassable. Il provoquera des guerres et des rapines, des massacres sanglants. Pour ne parler que de son cas personnel, si le livre trouve refuge dans un musée à Paris, Londres, New York, Madrid, Séoul ou Pékin, Jean n'aura plus le droit ni d'en feuilleter les pages ni de s'endormir à son chevet. Il ne sera plus qu'un touriste parmi des millions de touristes pressés de le photographier (ou de pèlerins venus le vénérer). Et si d'aventure il se risquait à s'approcher trop près de sa vitrine, il déclencherait un système d'alarme et récolterait les foudres des gardiens. Il serait arrêté. Non, il ne peut définitivement pas révéler l'existence du livre, car non seulement il s'en priverait, mais il déclencherait un véritable cataclysme.

Déménager en banlieue : l'idée plaît à Alice. On y trouve pour un prix raisonnable des maisons construites sur plusieurs étages et dotées de splendides jardins. Jean imagine ce que pourrait être sa bibliothèque dans un espace illimité et caressé par les changements saisonniers. Prendre le train jusqu'à la gare Montparnasse ne l'effraie pas. Certains jours, il rêve de rester travailler à la maison, au calme, un chat sur les genoux.

Jean lit, c'est son métier. Sur ce point, Blanche avait vu juste : il a fini par rejoindre la rédaction d'un journal national respectable. Son travail le comble en bien des points. Une chose cependant le préoccupe : le rangement. Il ne parvient pas à se débarrasser des livres, qu'ils soient bons ou médiocres. Il se dit que si une catastrophe survenait, s'il était contraint de rester caché durant quelques années, le livre le plus mal torché resterait une nourriture pour l'esprit. Ils sont tous ses bébés. Certains se trouvent en double ou en triple exemplaire dans sa bibliothèque. Quand il interroge un écrivain, il n'omet jamais de lui poser la question qui l'obsède : et pour ranger vos livres, vous vous y prenez comment ? Ses nuits sont hantées par des problèmes de stockage. Il en pressent l'enjeu immense, aspire à se construire une bibliothèque sans bords. S'il veut réellement habiter en littérature, il doit se fournir des meubles en conséquence. Il rêve de pièces hautes de plafond, d'une bibliothèque sans chevilles ni tenons ni mortaises qui offrirait l'illusion de se poursuivre à l'infini. Toutes proportions gardées, un grand pavillon dans la banlieue nord-ouest de Paris pourrait devenir son Palais Sormani. Sans se comparer à l'immense Umberto Eco, il a été profondément marqué par la lecture de *De bibliotheca* et le discours prononcé à l'occasion du 25e anniversaire de l'installation de la bibliothèque communale de Milan dans le Palais Sormani en 1981. Eco y décrit une bibliothèque aussi improbable qu'idéale : *On peut écrire, par exemple, 3335. 33335. 33335. 33335, et nous voilà avec l'image d'une bibliothèque aux salles innombrables. Chaque salle a une forme polygonale, approximativement comme les yeux d'une abeille, où il peut y avoir de 3 000 à 33 000 travées, défiant la force de gravité puisqu'on trouve des rayonnages y compris sur les travées supérieures ; et ces travées qui sont plus de 33 000 sont énormes puisqu'elles peuvent accueillir 33 000 rayons et ces rayons sont immenses puisqu'ils peuvent accueillir 33 000 livres et même davantage.*

Alice et Jean contactent une agence immobilière et partent en quête du refuge parfait, celui dans lequel Jean pourra continuer à accumuler des livres et mettre le livre des possibles à l'abri. Ils visitent des maisons aux murs nus sur lesquels l'avenir s'écrit facilement. Ils élèvent un escalier, abattent une cloison, dessinent des extensions et des appendices, conçoivent un récit sans toutefois le figer sous une forme définitive, entament le manuscrit des années à venir. Comme bon nombre de jeunes couples, à cet art, ils excellent.

Le pouvoir aphrodisiaque des maisons vides. Jean désire Alice sur fond de papier peint arraché, de murs lépreux, fendillés, crevassés, boursouflés, devant un cagibi sans porte, un miroir au mercure moucheté, une fenêtre condamnée, sous un faux plafond masquant de splendides moulures, dans la fraîcheur d'un cellier, à proximité d'un soupirail au souffle mordant, sur un parquet couinant comme un renard en rut. À la perspective d'offrir enfin à ses livres la place qu'ils méritent, Jean bande. Ils font l'amour debout dans l'obscurité, entre les blattes et les toiles d'araignée, dans la poussière ancienne et les odeurs de peinture neuve, perdant de vue le danger qui les guette : les maisons vides nous enjoignent de les remplir d'enfants.

Lorsqu'un rendez-vous est fixé rue des Bleuets, ils en sont à leur huitième visite. Ce matin-là, les forces de l'imagination ne sont pas au rendez-vous. Il est trop tôt. Ils dorment encore. L'annonce est pourtant alléchante : maison d'inspiration art nouveau, mélange de pierre meulière, de silex et de grès jointoyés par rocaillage. Cinq chambres et/ou bureaux, grande buanderie, cellier et caves, toit en parfait état, isolation récente, chaudières et système de chauffage à revoir.

Depuis la rue, rien de bien exceptionnel, ce n'est pas le coup de foudre, juste un autre matin pâle dans un printemps frisquet. La grille du jardin n'est pas verrouillée. Ils entrent. Au centre de la pelouse, les pétales d'un magnolia entament leur pourrissement. Quelques éléments de mobilier de jardin ont survécu à l'hiver. Un soleil blanc crée de timides percées dans le voile mouvant tendu par les nuages. Ils sortent leurs mouchoirs et essuient de lourdes chaises en fonte afin de s'y asseoir en attendant l'arrivée de l'agent immobilier. Jean sort de sa poche un roman qu'il n'a pu terminer la veille, mais la concentration n'y est pas. Cette maison l'appelle. Elle semble assoiffée de présence humaine. Par un de ces détours obscurs de l'esprit, elle l'inspire. La complexité de son architecture, son asymétrie, la disparité des formes et des matériaux… C'est comme si les murs se pliaient et se dépliaient, formaient des polygones extensibles à l'infini.

L'agent immobilier arrive en catastrophe, ça bouchonnait à la Défense. À l'intérieur de la maison, l'odeur est suffocante, les tentures ont absorbé un quart de siècle de tabac froid, des bas de contention gisent au pied d'un fauteuil. L'agent s'enlise dans les excuses, consulte ses fiches, appelle le bureau, fournit une explication : le propriétaire du bien est décédé il y a peu. Ses héritiers habitent à l'étranger. Ils sont pressés de vendre et prêts à négocier. L'odeur est celle d'un vieil homme qui a perdu la même année la raison, sa dignité et sa femme. L'odeur empêche Jean de monter une bibliothèque. Ce n'est qu'en quittant la salle de séjour pour accéder aux étages qu'il l'entrevoit : des mètres et des mètres de couloirs, des pièces et des pièces qui attendent d'être remplies, un véritable labyrinthe réparti sur trois étages. Alice émet des doutes. Qui entretiendra une maison aussi grande ?

– Je veux bien que tu aies besoin de place, Jean, mais là c'est Fitzcarraldo.

– Comprends pas.

– Carlos Fermin Fitzcarrald, le baron péruvien du caoutchouc qui voulait construire un opéra au milieu de la forêt amazonienne et y produire Carruso.

– La comparaison me va.

– Jean, et si je suis enceinte, comment fera-t-on avec tous ces travaux ?

– Tu n'es pas enceinte, Alice.

– Supposons que je le sois.

– Eh bien, on revendra le bébé et avec l'argent, on effectuera les transformations.

Alice se mord la lèvre, puis, de sa gorge, monte un rire qu'ils avaient tous deux oublié : celui des origines, d'une rencontre due au hasard dans une boîte de nuit, d'une promenade sur les grands boulevards, d'un saut dans l'inconnu d'une pureté absolue.

– On la prend, dit-elle.

Ils confient les plans de la maison aux bons soins d'un architecte. Pour Jean, la question est moins *aurons-nous des enfants* que *de quelle façon vais-je ranger les livres.* Il va falloir en caser 18.923, dans le salon-salle à manger pour commencer, qui dispose du plus grand mur disponible, mettre à profit les espaces entre les fenêtres, les longs couloirs, les escaliers, les paliers, optimiser les chambres et les combles. Il n'y aura pas une mais quinze bibliothèques disséminées un peu partout dans la maison : la bibliothèque mère, au salon, les suivantes, dans les endroits les plus accessibles, entrée, couloirs, cages d'escalier et enfin celles des bureaux et des chambres du premier et du second. Il a envisagé plusieurs types de classement : par ordre alphabétique, par ordre de parution, par genre littéraire, thématique, maison d'édition, selon ses affinités personnelles pour finalement privilégier l'ordre dans lequel il les a lus (date qui se trouve mentionnée par ses soins sur la page-titre, une habitude prise à l'adolescence), sa bibliothèque restant le meilleur agenda de son existence. Ce classement n'est pas très heureux d'un point de vue esthétique mais il s'y retrouve et surtout, il est le seul à s'y retrouver.

Pour le livre des possibles, Jean a fait l'acquisition d'une armoire forte blindée de marque suisse dotée d'une serrure électronique qui permet un million de combinaisons. Reste à trouver dans quel mur l'encastrer. Le plus simple serait de l'installer dans son bureau ou dans leur chambre au premier étage mais soyons pragmatiques : c'est au rez-de-chaussée qu'il envisage de passer l'essentiel de son temps. Tout d'abord, parce que le canapé est son deuxième bureau, celui dans lequel il lit la nuit quand tout le monde dort. Ensuite, c'est au rez-de-chaussée que se trouvera la bibliothèque principale et mère de toutes les autres, celle qui rassemblera ses lectures adolescentes et ses premières années de lecture en tant que chroniqueur. En mettant l'armoire blindée au rez-de-chaussée, il pourra récupérer facilement le livre des possibles sans réveiller personne, le conserver à portée de main, respirer ses pages chaque fois qu'il le désire, le protéger des vols et surtout, tenter de le confondre – oh, il ne désespère pas – en pleine mue. Arrivera bien un moment où une conjonction de subordination, un numéro de page, un adjectif ajouté ou retiré trahira le livre. À cette fin, il a acheté une photocopieuse dernier cri qu'il a installée dans la cave. Il a déjà reproduit l'ouvrage plusieurs fois dans son intégralité. Il n'a pas encore trouvé le temps de confronter les versions successives, cette tâche colossale promet d'être fastidieuse, mais il faut bien que quelqu'un s'y attelle et si ce n'est pas lui, qui ? Il a suffisamment réfléchi à la question pour ne donner sa confiance à personne sinon à Umberto Eco. Mais Umberto Eco a d'autres chats à fouetter.

Jean a une vision très claire quant à la façon de procéder : une fois par semaine, il effectuera une nouvelle copie complète de l'ouvrage, des illustrations et des quatre à-plats de la couverture, copie qu'il archivera ensuite dans l'ordre chronologique de reproduction, comme il a choisi l'ordre chronologique de lecture pour ranger ses livres. Il les confrontera quand il pourra, dans les périodes creuses, si toutefois elles existent. Il se passe rarement un jour sans que Jean ne se retrouve avec un nouveau livre à chroniquer. Ça ne s'arrête jamais et il ne s'en plaint pas.

Les livres ont définitivement pris le dessus sur les obligations familiales et les rares fois où Jean rend visite à ses parents à Annecy, son père ne manque jamais de lui dire le fond de sa pensée, annulant en quelques mots sa raison de vivre :

– En quoi ça t'avance de lire la vie des autres, fils ? T'as pas assez avec la tienne ? Les livres, c'est bon pour les types qui n'ont pas de vie, pas de femme, d'amis, de gosses.

Par un enchaînement de facteurs croisés (les plans originaux de la maison, les talents d'un architecte, la bonne volonté d'un ouvrier polonais payé au noir), le livre des possibles se retrouve au rez-de-chaussée comme prévu. Le coffre-fort suisse a été encastré dans le mur et dissimulé derrière deux mastodontes de la littérature, *Don Quichotte* de Cervantès et *Moby Dick* de Melville, que Jean a lus coup sur coup à l'âge de quinze ans.

Alice n'est pas enceinte et avoir des enfants n'est pas au programme. Léa et Sasha ne sont que deux prénoms qui sonnent bien à l'oreille. Il serait somme toute inexact d'affirmer qu'ils n'existent pas, disons qu'ils ne prêtent pas encore à conséquence, qu'ils se profilent dans un avenir indéfini, flottent en petits cosmonautes dans la préexistence.

Alice a la phobie du trait bleu, la hantise de voir les anticorps réagir à l'hormone hCG contenue dans ses urines. Elle a à son actif des centaines de tests de grossesse, un par mois depuis ses premières règles, y compris les mois sans rapports sexuels. Un jour, une psychothérapeute lui a demandé quel moyen contraceptif elle utilisait et Alice a répondu :

– Je pense très fort à ma mère et je perds aussitôt la capacité de me reproduire.

– Vous lui en voulez à ce point ?

– Je refuse d'infliger à une petite créature qui n'a pas demandé à naître ce que ma propre mère m'a infligé. Je veux être une maman présente, pas une mère-enfant. Et mon métier m'occupe à plein temps.

– Quel métier exercez-vous ?

– Je suis cheffe opératrice dans le cinéma, responsable de l'image, de la lumière. Mon travail est aussi exigeant que celui d'un chirurgien. Mes horaires sont à peu près ceux d'un routier longue distance. Mon niveau de stress est équivalent à celui d'un pompier ou d'un reporter de guerre. Je ne vois pas comment je trouverais le moyen d'être mère avec tout ça.

– Comment pouvez-vous préjuger de la mère que vous serez ?

– Personne ne m'a appris. Je me suis faite toute seule. Je suis négligente avec les humains. Pas avec les machines, juste avec les humains. C'est inscrit dans mes gènes.

– Qu'est-ce qui est inscrit ?

– L'absence. Le manque de disponibilité.

– Cela n'a rien à voir avec vos gènes et c'est déjà formidable d'en avoir pris conscience, vous ne trouvez pas ? Revenons à cette histoire de test de grossesse. Pourquoi vous l'infliger ?

– Pour m'offrir une frayeur, j'imagine. Il y en a, c'est le casino, rouge ou noir, pair ou impair. Moi, c'est le trait bleu. En cloque ou pas en cloque.

Et pourtant, Léa est conçue. À la naissance de sa fille, Jean est l'heureux propriétaire de 19.213 livres. Il règne dans la maison un ensommeillement au parfum de lait tiède. Alice passe le plus clair de son temps à dormir. Elle souffre de dépression post-partum. La circulation du chariot de biberons stérilisés est régulièrement compromise par l'encombrement causé par les livres. Un nouveau monde s'organise, de tétines, de brossettes, de couches et de compresses réclamant une servitude de tous les instants. Jean n'a d'yeux que pour Léa et a appelé Blanche en renfort. Cette peau transparente et près de l'os, cette façon de se consumer de l'intérieur, c'est tout Jean, assure-t-elle. Blanche semble n'avoir vécu que pour cette inclinaison sur le berceau, cet émerveillement devant le minuscule. Jean lui a préparé une chambre, mais sa mère préfère dormir dans celle du bébé… au cas où. Blanche encourage son fils à reprendre le travail. Après tout le mal qu'il s'est donné pour se faire une place dans le journalisme, ce serait stupide qu'il perde son emploi.

Parfois, Émile appelle. Il veut savoir (nom d'une pipe) quand Blanche a l'intention de rentrer, pourquoi (saleté de machine à laver) les pulls ont rétréci, à quel endroit (est-ce trop demander de les accrocher toujours à la même place ?) elle a mis le double des clés du magasin. Dans ses bons jours, il demande aussi comment va la petite.

Les premiers mois de Léa courent sur quatre étagères et sont illuminés par *Le soleil des Scorta*. Bien qu'ils travaillent tous les deux, Alice et Jean n'ont pas les moyens d'engager une nourrice. Quand Alice tourne de nuit, Jean s'endort dans le canapé, sa fille au creux du coude, un livre dans la main droite et un biberon dans l'autre. Dans un sursaut de réveil, il emmène la petite finir sa nuit dans leur chambre. Il craint de ne pas l'entendre l'appeler, ne dort que par tranches de deux ou trois heures, cela ne change pas réellement son rythme de sommeil (il a toujours été sujet aux insomnies), mais une fois endormi, un éléphant pourrait lui passer dessus sans qu'il soulève une paupière.

Cette nuit-là, quelque chose le réveille. Le vent peut-être. Une porte qui claque. Un filet d'air frais sur un morceau de peau dénudée. Il croit distinguer du bruit au rez-de-chaussée, s'empresse de descendre. Il est agité comme lorsque tout a l'apparence de la normalité alors que rien ne l'est, que le passé et le futur immédiat deviennent une seule et même matière, que son cerveau lui dit « tu t'es déjà trouvé dans cette situation » mais qu'il est incapable de se souvenir laquelle, phénomène cognitif bien connu des neurologues, altération de la perception, inversion des temporalités, de la pensée (il y a du bruit) et de l'action (je descends les escaliers), de la prise de conscience (quelque chose se passe en bas) et de la prise de décision (je vais aller vérifier), l'ensemble se déployant sur quelques centièmes de secondes seulement d'activité neurologique et procurant à l'intéressé la sensation soit de posséder des talents de médium soit de vivre une réminiscence.

Ce n'est que la porte d'entrée. Elle a été mal verrouillée et pourtant il jurerait l'avoir fermée à double tour avant de monter se coucher. Elle ne donne pas directement sur la rue, ce qui limite les risques de visites importunes. Il faut d'abord décadenasser la porte du jardin, ce jardin où Jean s'est senti chez lui dès le premier jour. Son charme ne s'est jamais démenti. Il aime le magnolia, les pelouses parfumées et mal entretenues. Il a l'impression que cet endroit le connaît, lit dans ses pensées. Il referme la porte d'entrée, provoquant un appel d'air. Les deux fenêtres du salon claquent, ouvertes elles aussi. Alice serait-elle rentrée cette nuit ? Aurait-elle éprouvé le besoin de délester la maison de son odeur âcre et pesante de lait premier âge et de couches-culottes usagées, de crèmes hypoallergiques et de talc avant d'aller se coucher dans une des chambres d'amis pour ne pas les réveiller ? Il la cherche aux étages. Redescend. Aucun mot sur la table. Il consulte son téléphone. Rien. Se tourne vers la bibliothèque. *Don Quichotte* est par terre. Il se précipite sur la bibliothèque, ôte les livres brutalement, accède à l'armoire forte et récupère le livre des possibles, les mains tremblantes. Tout est normal (si tant est qu'on puisse parler de normalité à propos d'un livre qui revendique son libre arbitre). Jean descend le photocopier sans perdre de vue qu'en haut, la petite dort et va bientôt réclamer son biberon de 3 heures 30.

La photocopieuse crache ses feuillets dans le bac de réception. Jean a l'impression que le livre lui tire la langue. Une fois le texte reproduit, il en fait une pile homogène qu'il glisse dans une pochette plastifiée, il la date et la numérote avant de la poser sur la pile des copies précédentes. Il remonte mettre le livre à l'abri. Malgré sa robustesse, il commence à souffrir des manipulations. Il est temps de trouver un autre système.

Tout ça n'explique ni la raison pour laquelle la porte d'entrée et les fenêtres du salon étaient ouvertes ni pourquoi *Don Quichotte* a été expulsé de la bibliothèque. Le vent seul n'a pu l'aspirer. Un livre aussi épais, coincé entre d'autres du même gabarit, même un cyclone ne parviendrait pas à le déloger ou alors, il ferait culbuter tous les autres. En plus, *Don Quichotte* ne semble pas avoir été froissé mais déposé sur le sol avec précaution, par quelqu'un qui aurait pris le temps d'en lire quelques épisodes, assis en tailleur sur les chaleureuses lattes en bois.

Jean décide de modifier le code du coffre, grave un nouvel enchaînement de chiffres dans son cerveau déjà bien rempli, remet dans la bibliothèque la dizaine d'ouvrages déplacés (*déportés*, a envie de dire Jean) et redonne à Cervantès sa place d'honneur.

Cette histoire de porte mal fermée le perturbe. Sa gorge est sèche. Il a besoin de se désaltérer avant de remonter donner son biberon à la petite. Il va à la cuisine et se trouve électrocuté par ce qu'il découvre : le réfrigérateur est grand ouvert. Il règne à l'intérieur un désordre insensé. Du sang, des plumes, des excréments d'oiseau blanc gris maculent les aliments. Les couvercles des pots de yaourt ont été éventrés. Les fruits, déchiquetés. Les emballages des fromages et des pâtés, mis en lambeaux. Il émane de ce chaos une odeur nauséabonde. Des battements d'ailes se font entendre sans que Jean parvienne à les localiser. Il retourne au salon, se précipite à la fenêtre, scrute une nouvelle fois le jardin. Rien. Personne. La première pensée qui lui vient : quelqu'un sait pour le livre. Il en est certain à présent. Il passe en revue ses voisins, ses collègues, ses amis et ceux de sa femme, il ne peut exclure personne de l'équation, pas même l'architecte ni l'ouvrier polonais, les seuls à connaître l'existence de l'armoire forte, le premier lui a suggéré dans quel mur l'encastrer, le second l'a installée.

Combien de temps s'écoulera-t-il avant que l'existence du livre ne remonte aux oreilles de la DGSE ? Si fuite il y a, où le cachera-t-il ? Va-t-il devoir construire un bunker sous la terre du jardin ? Ce serait onéreux et voyant. Mettre le livre dans la salle des coffres de sa banque ? Il serait alors obligé de s'y rendre chaque fois qu'il souhaite le photocopier et le rapporter juste après. Ce serait une perte de temps considérable sans compter que les jours fériés… À quoi bon être l'heureux propriétaire du livre le plus incroyable de tous les temps si en définitive on se retrouve dans l'impossibilité de le consulter ? Il nettoie le réfrigérateur de fond en comble, se désinfecte les mains, se débarrasse des particules, des microbes et de l'odeur collante des cacas d'oiseau. La petite ne va pas tarder à se réveiller.

– Tu as jeté la nourriture qui se trouvait dans le réfrigérateur ? s'étonne Alice le lendemain matin.

– Elle était périmée.

– Tu es sûr ? Ça m'étonne. Quelqu'un m'a dit que les produits alimentaires emballés sous vide ne constituent aucun danger sanitaire jusqu'à une semaine après leur date de péremption. Sauf la viande et le poisson, bien sûr.

– Je ne sais pas. C'est possible. On en reparle ce soir, tu veux bien ?

Dans les jours qui suivent le saccage non élucidé du réfrigérateur, Alice ne tourne pas et s'occupe de la petite. Jean a donc tout le loisir de camper dans le salon et de guetter d'éventuels oiseaux susceptibles de s'inviter à la fête. Les premières heures de la soirée sont calmes. Il entend les lames de parquet grincer au premier. Alice se fait couler un bain. Il entend son rire cristallin. Il lit jusqu'à plus soif, s'endort en vaillante sentinelle de sa bibliothèque. Il n'a jamais aussi peu dormi. Alice ne cesse de le lui reprocher. À veiller ainsi, il va finir fou, elle ne dit pas ça pour l'enquiquiner, elle respecte sa passion, son métier, mais au-delà d'une certaine limite, ce n'est plus une passion, c'est de la démence. À force d'habiter en littérature, il risque de quitter définitivement le monde réel, de ne plus faire la distinction entre les personnages de fiction et les membres de sa famille. Il est désolé, elle a raison. Il va être plus attentif. À compter de maintenant, tiens, de cette nuit, il montera se coucher à une heure raisonnable, le temps de terminer le livre en cours et il montera, c'est promis.

Une douce quiétude enveloppe la maison. Vers une heure du matin, Jean a l'intuition d'une présence dans le jardin.

Sous le magnolia, il devine la présence d'un animal recroquevillé. Il s'arme d'un couteau de cuisine et sort vérifier, perçoit de légères vibrations dans l'obscurité, comme un frémissement d'aile… Il avance avec prudence, ses doigts cramponnés au couteau, se signale à plusieurs reprises, à la fois déterminé à ne pas se laisser assaillir et soucieux de ne pas effrayer la créature qui reste immobile. Plus il s'approche du magnolia, plus la bête montre des signes de nervosité. Elle finit par disparaître dans un épais bruissement. Il la cherche au fond du jardin, autour de la cabane à outils, dans l'allée qui donne sur la rue, l'aperçoit enfin, boitillante et exténuée. Elle a la taille d'un enfant de six ans. Sa tête est humaine. Son corps est recouvert d'un abondant plumage ébouriffé sous lequel il est difficile de se représenter une silhouette. Se tient-elle droite ? Voûtée ? Elle dodeline. Elle doit descendre du goéland, se dit Jean en pensant au poème de Baudelaire.

Jean gagne du terrain. En y regardant de près, il semble que l'animal possède aussi deux membres supérieurs, deux bras humains l'excluant définitivement de la famille des gallinacés. Elle avance sur ses pattes antérieures dont l'une est peut-être cassée, à moins que la créature ne souffre d'une maladie osseuse, Jean pense aux bossus des contes, à Quasimodo, voilà ce qu'il dira aux policiers s'il décide de porter plainte pour effraction de domicile. Mais porte-t-on plainte pour effraction de domicile contre un animal ? N'est-il pas chez lui dans les jardins des humains auxquels il rend visite ? Jean ne se résout pas à appeler la police.

Il croit avoir perdu sa trace mais il l'entend. Son cri est enfantin, musical, déchirant. Si les gargouilles existaient vraiment, Jean pencherait pour la gargouille, seulement voilà : elle ne se contente pas de gémir, elle s'exprime parfaitement, a du vocabulaire et appelle au secours. Arrivé à sa hauteur, il la trouve emberlificotée dans une horrible haie en fil de fer torsadé garni de lames de rasoir. Quel misérable imbécile a eu l'idée de délimiter son jardin de cette façon ? On doit avoir bien des choses à se reprocher pour se protéger de la sorte. Jean ne sait qui l'horripile le plus, le voisin qui a érigé ce mur de camp de prisonniers ou la créature à tête humaine d'une laideur stupéfiante qui couine et se débat dans d'affreux bruissements d'ailes. Et plus elle se débat, plus les lames de rasoir s'enfoncent dans sa chair, plus elle saigne.

Lorsque dans la semi-pénombre, Jean tente de soulever le détestable barbelé, tout en veillant à ne pas se couper lui-même, deux nouveaux bras surgissent du plumage de la créature. Jean se fige. Il ne sait plus s'il a affaire à un mille-pattes géant ou à une divinité hindoue, à un cauchemar de Jérôme Bosch ou une volaille sur laquelle on aurait pratiqué des manipulations génétiques hasardeuses. Toute la monstruosité et la laideur du monde se sont donné rendez-vous dans ce corps d'un mètre vingt à peine. La créature respire grâce à des ventricules. Sous son plumage, une fine membrane laisse transparaître des organes en forme de vieille chaudière émettant de la vapeur. Curieusement, l'animal ne l'effraie pas. Jean se souvient avoir été sauvé à huit ans par un de ses semblables au cours d'une randonnée en montagne. Mais être sauvé à huit ans des griffes de son papa par un aigle à tête humaine et poursuivre sa lointaine cousine digne des *Métamorphoses* d'Ovide à trente ans et des poussières n'ont pas la même portée. La seconde expérience présuppose une once d'humour, la capacité à distinguer le premier et le second degré, l'objet et la métaphore, le réel et l'imaginaire.

Jean est tenté de retrouver le confort des quatre murs de sa bibliothèque, de se plonger dans la lecture de *Lector in fabula.* Il lui tarde de le relire, d'autant qu'un collègue du Journal lui a parlé de récentes recherches effectuées par le

Professore[1] autour de la notion de monde possible, recherches basées sur les études des logisticiens Teun van Dijk et Thomas Pavel. Un monde possible serait le fait d'individus portant en eux un ensemble de propriétés qui ne se résumeraient pas à des caractéristiques statistiques ou à des traits de personnalité. Les mondes possibles dépendraient d'une instance narrative créant une cohésion parmi les différents éléments du possible. Jean ne comprend pas tout mais n'est-ce pas là tout l'intérêt d'une lecture ? Un livre qui ne laisserait pas planer une part d'ombre vaudrait-il encore la peine d'être lu ? L'esprit de Jean bouillonne. Comme l'explique le Professore, le lecteur modèle est un agent capable d'actualiser les propositions du texte et d'en saisir le plein potentiel.

– Qu'attends-tu pour me sortir de là ? gémit l'oiseau.

– Quelle partie de votre corps parvenez-vous à bouger ?

– Aucune. Chaque fois que j'esquisse un mouvement, les lames s'enfoncent un peu plus profondément dans ma chair.

– Je vais appeler les secours.

– Surtout pas ! C'est à toi de me sortir de là !

– Vous me faites très peur.

– Je sais. C'est un peu mon boulot de te mettre face à tes responsabilités.

---

[1] Surnom donné à Umberto Eco pour souligner son érudition de sémiologue, médiévaliste, romancier, essayiste, traducteur, professeur de sémiotique à l'Alma Mater Studiorum et fondateur de l'École Supérieure d'Études humanistes.

- 12 -

Le matin, Alice ouvre les yeux la première. Jean vous affirmera que non, qu'il n'a tout simplement pas fermé l'œil de la nuit. Il voit déjà ses livres gondoler, se laisser coloniser par les champignons chromogènes qui, une fois incrustés dans le papier, laisseront de vilaines auréoles brunes.

Dehors, le soleil gomme les derniers grumeaux charbonneux de la nuit. Sur le magnolia, un étourneau sansonnet se lance dans un discours virtuose, pose sa candidature auprès des femelles.

Jean descend préparer le café. Il le ferait presque de bonne grâce s'il n'avait à enjamber ses possibles endormis. Il y a celui qui rêvait de devenir skieur de haut niveau, le séducteur invétéré qui, par égard pour sa sœur victime d'un terrible accident, a failli rester célibataire, celui qui a brièvement ambitionné de devenir écrivain, celui passé à deux doigts d'embrasser une carrière publicitaire… Cette joyeuse bande a laissé le rez-de-chaussée en vrac, a écouté de la musique jusqu'à pas d'heure, a laissé la télévision allumée, joué au poker, téléphoné à l'étranger. On se croirait dans un dortoir universitaire. Jean est obligé de chasser à coups de balai celui qui s'est endormi ivre mort sur le comptoir de la cuisine. Heureusement, les possibles respectent les livres, au moins est-ce une constante. Ils montrent à leur égard un respect maniaque, et ce trait de caractère permet à Jean de les tolérer. Il n'ose en chasser un de crainte de voir aussitôt tout ce qui le constitue s'écrouler comme un château de cartes et disparaître. Il en a sauvé un des barbelés, ce n'est pas pour jeter les autres à la porte, d'autant que, parmi eux, il y a forcément des journalistes dans d'autres journaux, de grands reporters qui œuvrent dans d'autres pays, des écrivains qui risquent leur vie, ont été censurés, torturés ou croupissent en prison. Parmi ceux qu'il abrite, il y a deux possibles féminins : Elif, qui lui a gentiment demandé l'asile politique et l'usage de sa photocopieuse pour imprimer son premier manuscrit ; et Songul, venue terminer ses études de littérature en France et qui se consacre à la poésie kurde. Il les a installées dans les chambres du deuxième étage, car elles ne se sentaient pas en sécurité parmi leurs possibles masculins.

Lorsqu'Alice descend, tout ce petit monde a disparu, la vaisselle a été lavée et les poubelles, sorties. À la rédaction du journal, Jean prépare les pages *Livres* du mercredi. Il ne décroche pas le téléphone afin de garder le rythme, s'épargne les réunions inutiles (en particulier celles avec les responsables des espaces publicitaires). Il veut rentrer tôt, passer du temps avec sa fille. Les heures sup loin du livre des possibles ont tendance à le rendre nerveux. À l'inverse de ses collègues (qui affectionnent la saine émulation des salles de rédaction), Jean se cloître dans son bureau. Il ne travaille bien que dans le silence absolu, déteste les gens qui entrent sans frapper, le considèrent comme disponible *a priori* et l'interrompent en pleine réflexion pour lui demander le numéro d'un bon dermatologue.

Trois petits coups à la porte (trois petits coups de pure forme, car l'intéressée n'a pas attendu d'être invitée pour entrer et s'asseoir en amazone sur un coin de bureau) l'arrachent à son travail. Il ne reconnaît pas la jeune femme, mais elle, semble bien le connaître, sinon, pourquoi se montrerait-elle aussi familière avec lui ? Il a beau chercher, rester *ouvert* à leur rencontre plutôt que *fermé*, il ne parvient toujours pas à la situer. Ont-ils rendez-vous ? Dans quel département travaille-t-elle ? Est-elle envoyée par la direction des ressources humaines ? Romancière ? Éditrice ? Stagiaire ?

Elle est plus jeune que lui mais impossible de lui donner un âge. Ses cheveux tombent en grappes souples. La couleur de sa peau est indéfinissable, ni blanche ni colorée, légèrement phosphorescente. Dans sa tunique de coton blanc, on la dirait échappée d'une plage de la banlieue romaine.

– Cora, sourit-elle, amusée de le voir aussi haut perché.

Sa voix est suave, avec un grain de sable dedans.

– Cora, répète-t-il pour lui-même, hébété. Il ne connaît pas de Cora. Les prénoms féminins qui se terminent par *a* ont tendance à augmenter son taux de testostérone. Dans ce domaine, il fait preuve d'un conformisme affligeant, rejoint la majorité des hommes occidentaux hétérosexuels à en juger par le nombre de Samantha, Ulla, Tatiana, Veruca, Cassandra, Bettina qui écument l'industrie pornographique. Le *a* repulpe les lèvres, blanchit la dentition, affine la taille, galbe le sein, fuselle la jambe et chaloupe la démarche. Samanthe, Ulle, Veruce marchent droit. Samantha, Ulla, Veruca ondulent. De la même façon, les prénoms de saintes du calendrier catholique Marie, Véronique, Cécile ou Agate confèrent à la chimère féminine des qualités morales, une rigueur, une frigidité, parfaitement illusoires. Quant aux prénoms évoquant des icônes de la littérature tels qu'Alice (*au pays des merveilles*), Emma (*Bovary*), Anna (*Karénine*), Blanche (pas la mère de Jean, celle d'*Un tramway nommé désir*), il ne peut s'empêcher de chercher dans ces prénoms l'ADN de leur héroïne de papier. Mais Cora ? Non, vraiment, il ne voit pas.

– Tu préfères que je repasse plus tard ?

Pour une raison qu'il ne s'explique pas, aucun son ne sort de sa gorge. Il a l'impression d'avoir avalé une mouche. Et cette mouche bourdonne dans son œsophage. Il aimerait s'en débarrasser avant de s'asphyxier tout à fait. Il a horreur des morts idiotes. Mourir par une mouche sous les yeux d'une très belle femme serait le comble de l'humiliation.

Il n'est pas comme certains de ses confrères qui draguent au bureau. D'une manière générale, il ne drague pas et ne considère pas que son statut l'autorise à des blagues graveleuses ou à des mains baladeuses. Jean n'est pas ce genre d'homme, insiste la mouche dans son œsophage. Et puis Jean aime Alice, il l'aime à en crever, même si leur relation n'est pas au beau fixe, même si la naissance de Léa a provoqué un séisme dans leur couple. Ils traversent une mauvaise passe, hurle la mouche, mais pas question de troquer la femme de sa vie contre quelques minutes d'extase sur un coin de table.

Cora partage-t-elle son point de vue ? Visiblement non. Elle entame un minutieux numéro de charme par un lancer d'escarpin à filer le vertige, dévoile au bout d'une jambe interminable un ravissant pied gauche aux ongles garnis de petites lunes si blanches et si parfaites qu'on se demande si elles appartiennent à un pied humain. Il y a autre chose : le pied compte six orteils. Mais à ce stade, Jean n'est plus à un doigt de pied près.

Elle lui fait signe d'approcher et lui murmure à l'oreille :

– On parie que je parviens à dégrafer la ceinture de ton pantalon avec mes pieds ?

Quand on a douze orteils, c'est de la triche, pense Jean, mais il veut bien essayer. Avant qu'il ait eu le temps de mettre ses fiches de lecture en lieu sûr, elle se hisse jusqu'à lui avec la légèreté d'une luciole, l'entoure de ses jambes fines et comme éclairées de l'intérieur. Elle pose ses pieds joliment monstrueux sur ses genoux à lui. Ils n'ont aucun poids et pourtant ils s'affairent, escaladent les cuisses, pressent la toile du blue-jean, pétrissent les muscles, remontent vers l'aine et diffusent leur chaleur sur le sexe de Jean. La mouche ne dit plus rien. Cora la magnifique glisse le sixième orteil entre la boucle et le passant de la ceinture. D'un petit mouvement sec, elle libère la lanière. La dextérité du sixième orteil est sans limites. Il s'allonge, étrécit, se désarticule à l'envi. Jean est tenté d'applaudir mais craignant de se découvrir six doigts à chaque main, il se ravise. Il préfère se concentrer sur les aspects techniques de ce numéro d'acrobate furieusement érotique, observer comment le sixième orteil (le gauche cette fois) s'y prend pour sortir l'ardillon de son cran. Dans un délié sans effort, la boucle de la ceinture est défaite et il ne reste plus alors aux pieds de Cora qu'à ouvrir la braguette (ce n'était pas prévu au programme mais n'est pas dénué d'intérêt pour autant).

– Voilà ! J'ai réussi ! dit-elle, victorieuse et phosphorescente.

Elle ôte sa tunique dont s'échappe une poignée de plumes minuscules, dévoilant un buste parfait, une peau d'un grain si subtil que Jean a le sentiment de se noyer dedans. Il se trouve dans un état d'excitation telle qu'il ne pense pas à verrouiller la porte de son bureau. Ne seraient ce silence inhabituel dans les couloirs et cette absence totale de bruits de moteurs et de circulation en provenance de la rue, il croirait *mordicus* que Cora existe et qu'elle est la prochaine femme de sa vie. Il s'approche de son visage avec l'idée de l'embrasser et découvre la petite plume restée collée au coin de ses lèvres.

– Tu permets ?

Elle fronce les sourcils. Une larme pointe au coin de son œil droit.

– Je suis venue te parler du livre, dit-elle.

– Je sais, répond-il.

– Tu ne me reconnais pas ?

– Non. Je devrais ?

D'une certaine façon, ce virage à 180° le rassure.

– Pourquoi es-tu triste ? demande-t-il.

– Parce que je vais rester dans le livre des possibles.
– Est-ce grave ?
– Bien sûr que c'est grave. Je t'aime.
– Tu ne me connais pas.
– Je n'ai pas besoin de te connaître pour t'aimer.
– Je vais te faire une confidence qui devrait te consoler. Mais garde-le pour toi. Tu es le plus beau possible qui se soit jamais présenté à moi.

Ce soir-là, Jean rentre du bureau de bonne heure et fait l'amour avec Alice une première fois sur la photocopieuse de la cave, une deuxième fois debout contre le réfrigérateur, une troisième fois dans la cabane de jardin. Il ne reverra jamais Cora.

Sasha naît neuf mois plus tard, le 16 janvier 2006. La vie entière est à nouveau suspendue à la possibilité d'un cri. Sasha dort dans le lit parental, allongé sur sa mère. Il est frêle, pâle, impréparé, sursaute au moindre bruit, souffre de difficultés respiratoires. Il ressemble à l'anse brisée d'une amphore crétoise. Jean leur tourne le dos. Un couloir sanitaire les sépare, où circulent les tanks de l'incompréhension. Pourquoi tant de précautions ? Qu'a cet enfant de plus (ou de moins) que sa sœur ? À Noël, ils se fixent une règle : ils descendent à Annecy où chacun peut réclamer sa part d'attention, exiger réparation pour le reste de l'année. C'est aussi la période où Sasha choisit de s'électrocuter, de s'ouvrir l'arcade sourcilière contre un coin de table, d'égarer une bottine dans la neige ou de disparaître sous une avalanche. En comparaison, les mois travaillés ressemblent à des vacances.

2022

13

La première chose qu'on voit en entrant, ce sont les livres. Là où l'œil serait tenté par un portemanteau, un miroir, un meuble où poser ses affaires, il y a des livres jusqu'au plafond.

Helena enfile ses baskets, un tablier propre, émet un soupir de radiateur en purge : cette maison est impossible à nettoyer. Elle descend à la cave récupérer son matériel et là encore, des livres. Des cartons pleins comme un jour de déménagement jusque dans la buanderie et l'ancienne cave à charbon. Si elle se casse la figure par leur faute, elle les attaquera en justice.

Elle commence par le rez-de-chaussée où les livres sont en si grand nombre qu'ils s'apparentent à un motif de papier peint. Elle passe un chiffon sur la table en formica, époussette portes et châssis de fenêtres. Des lustres en cristal seraient plus faciles à nettoyer que ces alignements militaires auxquels il lui est interdit de toucher. Aujourd'hui, elle nettoiera la Pléiade, que ça leur plaise ou non.

Elle s'attaque au parquet. Ses bras, vigoureux en dépit de l'âge, redoutent le coup d'aspirateur de trop, celui qui provoquera l'effondrement de la bibliothèque. Un jour, des menuisiers sont venus prendre des mesures et Helena a espéré. Ils ne sont jamais revenus.

Armée de son matériel, elle emprunte un long couloir tapissé d'une double épaisseur d'ouvrages gondolants et cornés. L'aspirateur à la main, elle est contrainte de marcher en crabe. Elle monte quelques marches, arrive au premier étage où la littérature a tout envahi. Un jeu de dominos, voilà à quoi elle pense. La chute de l'Empire des Bouquins.

Les chambres des enfants sont au deuxième. C'est l'étage qu'Helena préfère. Elle a été leur nourrice avant d'être la femme de ménage. Elle les a conduits à la crèche et à la plaine de jeux, leur a transmis des rudiments d'espagnol et le goût de la cuisine péruvienne. Elle a été la marraine de leur estomac et ça, personne ne pourra le lui enlever. Léa, la grande, était une enfant joyeuse et très intelligente. Son frère est né maigre et sans appétit. Il avait le teint jaune comme le riz non décortiqué, réclamait une attention de tous les instants. C'est à lui que va sa préférence. Elle a toujours ressenti le besoin d'amour de cet enfant, presque un homme à présent.

Elle l'entend respirer à travers la porte, frappe doucement, n'obtient pas de réponse. Depuis son renvoi du collège, il passe ses journées à dormir et ce n'est certainement pas elle qui l'en empêchera. Elle sait combien le sommeil est un pays hospitalier.

Helena termine toujours par la cuisine, la seule pièce qui ressemble à ce qu'on attend d'elle. Il y a bien quelques livres de recettes culinaires par-ci par-là, mais elle est autorisée à passer une éponge humide sur leur couverture un peu grasse.

Léa ne fait plus que des apparitions-surprises. Elle a emménagé dans une chambre de bonne à quelques rues de la fac, chambre qu'elle partage avec une étudiante de sa promotion. Dix mètres carrés, un robinet d'eau froide, un réchaud, le tout dans l'un des rares immeubles encore équipés d'authentiques toilettes turques aux étages supérieurs. Leur utilisation est un défi en soi. Léa pense aux écrivains qui se sont pissés sur les bottines avant elle. Si partager leur solitude ammoniaquée peut l'aider à devenir leur semblable, elle est prête à manger ses chaussures en friture.

Elle s'est inscrite en Lettres modernes. Chaque matin, elle se pince la chair du poignet en présentant son badge aux vigiles du 17, traverse la cour d'honneur en retenant son souffle, rejoint la BIS, la Bibliothèque Interuniversitaire de la Sorbonne, pénètre dans le silence charnu des salles de lecture, ne se lasse pas d'éprouver le frisson collectif de l'expérience silencieuse. Pour rencontrer des garçons, la BIS est cent fois mieux que les réseaux sociaux. L'obligation de se taire tend l'atmosphère et charge les regards d'une langueur sensuelle. Elle aime aussi les lampes de travail de la salle Jacqueline de Romilly dont la forme lui rappelle son bol de lait au petit-déjeuner. Elle aime les toucher, boire à petits traits leur lumière. Certains jours, elle n'emprunte aucun livre et débat en secret avec la marraine des lieux, la fameuse Jacqueline, demande conseil à la philologue et helléniste. Comment aborder l'*Odyssée* ? Comment devenir une grande écrivaine ? Une dévotion que ne partagent pas ses copines. « Sérieux, Léa ? L'Académie des fossiles ? Le club des darons en détresse ? Réveille-toi, ma pauvre, on est en 2022. » Ses amies participent à des concours de slam, sont féministes intersectionnelles. Sarah est bi. Léna et Manon sont non genrées. Dans l'esprit de Léa, le patriarcat reste figé sous la forme d'un dessin d'enfant rempli d'arcs-en-ciel et de licornes dans lequel elle est mariée à son papa pour l'éternité.

Léa fait souvent le même rêve : tandis que les premiers réveille-matin lacèrent l'obscurité, que des milliers de personnes préposées à l'entretien des bureaux se préparent à quitter leur domicile et à sacrifier leur existence en nettoyant celles des autres, des bombes explosent dans six des sept bibliothèques de la Sorbonne réparties dans Paris. Six salles de lecture sont anéanties, des milliers d'ouvrages, déchiquetés dans un souffle incandescent. Les explosions ne font aucune victime humaine mais on retrouve des lambeaux de phrases à un kilomètre à la ronde, agglutinés aux trottoirs, aux panneaux de signalisation, aux vitrines et aux pare-brise des voitures. Des millions de mots sont sortis de leur contexte, une grammaire est démantelée, offerte en rébus et devinettes, réduite en moignons. Jamais littérature, sciences, histoire, géographie et médecine ne sont distribuées avec autant d'équité, sans préjugés de classe, d'âge, d'origine ni de sexe. Étrangement, la bibliothèque de Paris 1 Panthéon Sorbonne est épargnée.

Arrachés au sommeil par le souffle de l'explosion, les riverains sortent en pyjama contempler le ballet des sirènes de police et l'averse de textes. Subjugués, ils filment les rues enneigées de mots, envoient leurs images aux chaînes d'information en continu.

Face à la beauté du désastre, Léa ne peut s'empêcher d'établir un lien entre cet étrange spectacle et l'incendie déclenché par son frère au collège quelques mois plus tôt. Elle perçoit entre deux hurlements de sirènes les ricanements de Sasha. Il lui parle d'Apocalypse. À toi il ne sera rien fait, grande sœur, lui souffle-t-il depuis les collines arides de son imagination.

Parfois, le rêve se prolonge. À l'orage de papier succède le raz-de-marée des communiqués. Le monde entier exprime son émotion à la France mais la destruction des bibliothèques n'émeut qu'une part marginale de la population : il n'y a pas eu de sang versé, ce ne sont que des livres après tout, et on s'en remettra. Désormais, on hésite à sortir un roman de son sac, à entrer dans une librairie, à lire en public, sur les terrasses des cafés, dans les bus et le métro. Tant qu'on n'aura pas mis la main sur les responsables, on ne sera pas tranquilles. Les ventes de livres électroniques explosent. Celles des livres en papier s'effondrent.

Au réveil, des images persistent qui plongent Léa dans un grand désarroi. La page que l'on tourne, l'odeur si particulière de l'encre, les livres qui s'empilent, le chanceux au sommet de la pile : à l'idée que toutes ces choses disparaissent, elle est désespérée.

Sur le chemin de la fac, elle effleure du bout des ongles le morceau de plastique au fond de sa poche, l'alpha et l'oméga de sa compréhension du monde : sa carte d'accès à la BIS. Ça l'aide à réfléchir. Comment convaincre son frère de retourner au collège ? Elle l'admire d'une certaine façon. Il possède toutes les qualités qui lui font défaut : le charme, l'humour, la désinvolture et surtout, d'immenses facilités. Il est doué dans toutes les matières mais n'entreprend rien. Il a déjà l'étoffe d'un écrivain alors qu'elle, si studieuse, si volontaire, produit une écriture qui sent l'effort. Lorsqu'elle arrive devant la porte de l'auditoire, un avis placardé informe les étudiants que le premier cours de la journée a été annulé au bénéfice d'une conférence exceptionnelle. L'auditoire est bondé. L'ambiance est électrique. Plusieurs intervenants sont installés sur l'estrade. Une femme se présente, tente de régler le volume du micro. Quelqu'un vient à sa rescousse. Elle regarde ses pieds, semble chercher en elle le calme qu'elle ne trouve plus au-dehors. La rumeur se tait, le public l'écoute.

– Le 12 août, je bouquinais sur ma terrasse, la radio allumée, quand le programme musical a été interrompu et un présentateur a annoncé la terrible nouvelle : Salman Rushdie venait de recevoir onze coups de couteau. Un homme avait tenté de l'assassiner pendant sa conférence à la Chautauqua Institution dans l'État de New York. Son pronostic vital était engagé et on lui donnait peu de chances de survivre. J'ai d'abord cru avoir mal entendu. La concrétisation d'une fatwa officiellement annulée vingt ans plus tôt par le gouvernement qui l'avait prononcée m'a semblé irréelle.

Mon cerveau s'est mis à fabriquer des images. J'ai reconstitué mentalement la montée sur scène de l'écrivain, son sourire si particulier, mélange d'inquiétude et de résistance, ses premiers mots, probablement emprunts d'humour, adressés à l'auditoire, le surgissement de son agresseur, le ballet des regards fous, le théâtre de muscles et d'os, comme dans un tableau de Caravage. Cette reconstitution mentale avait quelque chose d'indécent, j'en avais conscience. Tous les jours, des écrivains, des traducteurs, des journalistes, des essayistes, des poètes, de simples citoyens, femmes, enfants, homosexuels, sont assassinés dans des conditions atroces. Et si j'en éprouve à chaque fois un sentiment de révolte et de tristesse, leur réalité s'efface au bénéfice de préoccupations plus immédiates. Alors, pourquoi Salman Rushdie ? Je n'ai trouvé qu'une réponse : en poignardant Salman Rushdie, Hadi Matar, son agresseur – Matar ! si ce n'est pas un nom prédestiné ! ai-je pensé. J'ai appris plus tard que ce n'était pas son vrai nom. – a tenté d'atteindre *Les enfants de minuit*, visé la carotide de *Shalimar le clown*, l'œil de *Quichotte*. Ces livres m'ont construite. Je me suis sentie personnellement visée. J'ignore aujourd'hui encore quelle barbarie m'a frappée en premier : les coups de couteau dans la chair humaine ou le coup porté à la littérature. Durant quelques secondes, ses livres m'ont semblé plus importants que lui, j'espère qu'il me pardonnera. Il a été évacué en hélicoptère. Je me suis représenté les pales d'hélices dans le ciel brûlant d'août. Rien ne pouvait plus arrêter ces ailes de carbone. Sauf un autre couteau évidemment. Ou une bombe placée à l'intérieur de l'hélicoptère. J'ai encore pensé à *Haroun et la mer des histoires*, à *l'Enchanteresse de Florence*, au *Dernier soupir du Maure*… Et sur ce point, je reste optimiste : l'abruti capable d'assassiner un livre n'est pas encore né. »

L'allocution se poursuit mais Léa n'écoute plus. Voilà ce qu'elle va dire à son frère : l'abruti capable d'assassiner un livre n'est pas encore né.

14 heures. Sasha dort toujours. Le chat miraculeusement réapparu du royaume des jardins se faufile dans sa chambre et pose un museau humide sur ses paupières et son nez. Sasha tend la main, part à la recherche de son téléphone. Son esprit s'engouffre dans la petite lucarne, se laisse cueillir par le flot vertigineux des informations, navigue dans l'océan des données réclamant ici une simple lecture, là, un engagement, un partage, une confirmation, un refus. C'est un moment agréable, comme une première gorgée de lait. La lumière diffusée par l'écran du téléphone donne à son visage une profondeur lunaire. Une vision se déploie. Un monde prend forme. Une seule minute de navigation produit selon ses calculs plus de résultats que douze années scolaires. Un avenir lui est promis où il aura droit au respect et à la considération, où la *connaissance totale* lui sera greffée dans le cerveau et où il ne sera plus à la merci des profs et des recruteurs. Lentement, Sasha se glisse dans la peau de S, alias le Prophète de la Renaissance 2.0. Finis le bachotage, le triage, la supériorité de l'imparfait du subjonctif, les phrases à rallonge, les Masters, les thésards, les baux emphytéotiques de la connaissance et du savoir : demain, un implant nous dispensera de lire, d'écrire et de parler, décuplera la vitesse de transmission de notre cerveau, nous deviendrons tous des Einstein au carré.

Quand Sasha devient S, il ne change rien, c'est la base. Il s'habille d'un jeans, d'un t-shirt et d'un blouson à capuche. Il sort dans la mi-journée, longe la petite gare les poings enfoncés dans les poches, sautille légèrement, désengourdit ses muscles, traverse le boulevard, évite les trottinettes électriques et se dirige vers l'entrée du parking souterrain du centre commercial. S ne *deale* pas. Il se contente de l'argent de poche que lui laisse sa mère sur le comptoir de la cuisine. Fumer le rend sujet à d'effroyables hallucinations.

Pieds racines de gingembre, peau-écorce de baobab, tête de poulpe. Une fois, le shit était si fort qu'il a perdu son nombril et a expliqué à ses potes que ce dernier était un cadeau d'anniversaire de sa sœur et qu'il ne pouvait décemment rentrer chez lui sans l'avoir retrouvé. Il n'a plus jamais tiré sur un joint depuis.

À mesure qu'il s'enfonce dans le parking souterrain, son rythme cardiaque s'accélère. Plus qu'un simple lieu de rendez-vous, la voiture du grand frère de K est sa base. Parquée au niveau – 3, elle échappe aux caméras de surveillance. Le grand frère de K soudoie une caissière qui en contrepartie lui permet de se garer sur son emplacement et d'y faire prospérer ses activités. La journée, les petits frères disposent de la voiture, le business ne démarrant qu'à la fermeture des magasins. S connaît K depuis l'école primaire. Avec leurs copains B et M, ils ont fait le tour de toutes les conneries à leur portée : allumer des feux d'artifice dans les locaux poubelles, voler et revendre des scooters, incendier des voitures, conduire le camion frigorifique du rayon boucherie du supermarché à un âge où leurs pieds n'atteignaient pas encore les pédales. Plus récemment, ils ont mis le feu à la bibliothèque du collège, sans provoquer de dégâts majeurs. Ça aurait pu très mal tourner, mais l'acte pyromane a été immédiatement localisé. Le collège a pu être évacué à temps. Les élèves et les livres ont été préservés.

Si S est bien le moteur du groupe, M est le plus agité. Il se fait régulièrement serrer par la police. Deux de ses frères sont déjà en prison et M traîne un casier judiciaire de mineur. L'amitié entre M et S est souvent mise à mal par les grands frères qui estiment que S n'a pas sa place dans la cité.

Enfant, B venait dormir chez S et en retour la mère de B l'invitait aux fêtes importantes. Peu à peu les bonnes habitudes se sont perdues, les parents ont écouté les prêcheurs et opté pour le chacun chez soi, d'où la nécessité de la voiture pour se retrouver. K, B, M et S se voient pratiquement tous les jours et la voiture est leur dernier refuge.

S frappe au carreau, se hisse sur la banquette arrière, se laisse envelopper par une musique saturée de basses et une épaisse fumée blanche. Leurs épaules se touchent. Dans ce double cocon (béton plus métal), S se sent invulnérable. Trois étages plus haut, au centre commercial, flotte une atmosphère de soldes perpétuels. On s'achemine vers des destinations mystérieusement ordinaires, un vernis à ongles, une paire de baskets, un shampooing ou une mousse à raser susceptible de rebattre les cartes de nos existences. On s'écoule comme une eau jusqu'au KFC.

Le père de Sasha lisait. C'était son métier. Plongé dans la lecture, il fronçait les sourcils, se pinçait la joue, le menton, agaçait les poils d'une barbe inexistante, lissait des cheveux qu'il avait en abondance, explorait en archéologue l'intérieur de ses narines, éclatait de rire sans qu'on sache pourquoi, oubliait souvent de respirer… L'appétit avec lequel il les dévorait ne laissait aucune place au doute : ils étaient sa priorité. Même en vacances, il fallait lui jeter du sable dans les yeux pour qu'il consente à déposer son livre et à se baigner avec ses enfants. Mais il existait aussi des rendez-vous magiques, des soirs où il rentrait du travail avec des livres pour eux. Il prenait Sasha et Léa sur ses genoux et leur racontait une histoire. Alice ne partageait pas toujours ses choix de lecture. Léa, passe encore, mais Sasha, à trois ans, *Le Prince des marées*, faut pas pousser, Jean. Lui n'en démordait pas. À l'instar de sa mère, il prêtait au cerveau humain des capacités insoupçonnées, affirmait que très tôt les enfants sont capables de reconnaître une bonne histoire. S'ils ne la comprennent pas, il leur en reste toujours quelque chose, une musique, une atmosphère, des émotions, l'apprentissage d'un mot, la représentation d'un animal ou d'un paysage…

Le souvenir de Jean s'érode. Comme un tableau contemplé avec trop d'assiduité, Alice ne parvient plus à l'appréhender dans sa globalité. Épaule, cou, main, regard, Jean ne persiste qu'en pièces détachées. Parfois, elle croit être *dans* Jean ou *être* Jean, imite son raclement de gorge, sa manière bruyante de respirer quand il lisait, son clignement de paupières nerveux.

Elle était à Santiago du Chili quand c'est arrivé. Elle avait quitté Paris inquiète (mais pas suffisamment pour renoncer à partir). Elle tournait un documentaire avec un réalisateur qu'elle estimait beaucoup, travaillait dix-huit heures par jour et les décalages horaires l'obligeaient à d'interminables calculs quand elle n'oubliait pas tout simplement d'appeler. Avant d'accepter le projet, elle avait demandé à Jean s'il se sentait capable de rester six semaines seul avec les enfants. Il avait trouvé sa question blessante : n'était-il pas un père exemplaire ? Ne cuisinait-il pas mieux qu'elle ? Et puis, il y avait Helena.

Et elle était partie.

La nuit, les souvenirs d'Alice ressemblent à des archives de vidéosurveillance. L'image n'est pas étalonnée, l'éclairage est merdique et ne rend pas justice au bonheur qui était le leur. Le jour, le fantôme de Jean rôde sur les plateaux de tournage, se confond avec un régisseur, un assistant de production, un figurant, sous la lumière artificielle des studios, n'importe qui peut devenir Jean pourvu que le cheveu soit dru, l'épaule tombante, le dos légèrement voûté. Alice est une balle de tennis mouillée qui s'efforce de franchir le filet jusqu'à Jean.

Il lui arrive de ne pas rentrer seule, de s'endormir contre une peau, une nuque, un torse. Les corps n'ont pas tous la même odeur mais à peu près l'âge de Jean au moment de l'accident. Célibataires ou en couple, maladroits ou bons amants, peu importe : seules comptent leur présence et leur capacité à faire renaître la possibilité de Jean. Ils sont ses hommes-pansements. Ils se décollent à la fin du tournage.

Alice vivait avec un homme-bibliothèque. Jean était autodidacte, n'avait pas fréquenté les universités, entamé des recherches, publié (en dehors de ses chroniques hebdomadaires). Il était un grand lecteur et conservait tout, y compris les très mauvais livres. L'inconsistance, la médiocrité, le plagia, rien n'ôtait à un livre sa légitimité dans sa bibliothèque. Par ses lacunes, un mauvais livre était une leçon de littérature en creux, un éclairage sur les travers à éviter, un inventaire d'idioties, de mensonges, d'excès de style. Les livres sont trop précieux pour en éliminer un seul, disait-il, ils témoignent de ce que nous sommes. Soit, répondait-elle. Comme d'autres sont incapables de jeter la nourriture, Jean était incapable de jeter un livre. Aujourd'hui, cette accumulation paraît d'autant plus inutile que Jean n'est plus là. Et pourtant, Alice n'envisage pas de s'en séparer. Se séparer des livres reviendrait à se séparer de lui.

À sa mort, elle a cessé de travailler pour se consacrer aux enfants. Elle les a emmenés en Camargue où vivait Michèle Clair, leur grand-mère, dans l'espoir parfaitement illusoire que celle-ci connût un sursaut d'intérêt pour les liens familiaux. Installée en Camargue depuis quelques années, épouse tardive d'un propriétaire de manège de chevaux, Michèle Clair s'était montrée très enthousiaste au début. Côtoyer des petits-enfants qu'elle connaissait à peine lui avait redonné de l'importance. Mais interdiction de l'appeler Mamy. Ils l'appelleraient Mimi. Elle les avait traités en alter ego s'était félicitée de leur ressemblance. Sasha surtout partageait avec elle la finesse des traits et elle lui promettait une carrière cinématographique. Elle leur avait appris à allumer un feu de camp, à nourrir et à toiletter les chevaux. Alice avait envisagé de laisser ses enfants au manège, le temps de panser les blessures invisibles de l'accident. Ils semblaient si heureux auprès de leur grand-mère ! Mais très vite, l'enthousiasme était retombé, la Camargue, les chevaux et le tardif rapprochement familial n'avaient plus suffi à compenser la perte abyssale de Jean. Les enfants appelaient leur père dans leur sommeil. De son côté, Mimi était redevenue Michèle Clair, dure, hautaine, aussi inaccessible qu'une vieille affiche de cinéma. Le mirage de la nouveauté s'était tari (exactement comme avec Alice petite). Elle s'était lassée de leurs jolis minois. Ils sont rentrés à Paris, rappelés par un besoin de normalité, par l'école, les rendez-vous chez le dentiste et la pédopsychiatre. Le travail de deuil a commencé, lent, rampant comme un serpent en mue. À leur retour, Jean était toujours là. Il dormait dans le canapé. Il accompagnait Alice au marché, inspectait la marchandise, appréciait la maturité d'une tomate ou d'un camembert, concoctait des menus qu'ensuite Alice salait de ses larmes.

Elle refit sa garde-robe et n'acheta jamais rien sans son approbation, voulut savoir si ce blouson ne la boudinait pas, si cette couleur n'était pas trop criarde. Elle prit l'initiative de se couper les cheveux, se découvrit une passion pour les sous-vêtements en soie et entra pour la première fois dans une boutique de lingerie fine. La nuit, elle l'étreignait dans toutes les matières, ressortait de leurs ébats la joue rose et les cheveux en épis. Ils n'avaient jamais fait l'amour aussi bien.

Elle aimerait mettre son cerveau sur pause, et qu'on cesse de vouloir la sauver à tout prix. Elle voudrait ne plus entendre parler de résilience (un mot devenu aussi banal que macaroni), de la nécessité de tourner la page (comble de l'ironie, Jean, tu entends ça ?), de l'importance de ne pas se refermer sur soi (on se demande bien sûr qui d'autre), de l'intérêt de rallier un groupe de parole (percuté par un camion sur un chantier alors qu'il se trouvait au volant de sa voiture, mon mari est mort sur le coup sous les yeux de ses deux enfants. Et pour le vôtre, ça s'est passé comment ?) Les médicaments au moins n'ont pas d'intention. Ils font le boulot, calment, endorment, réveillent. Ils ne portent pas de jugement.

- 14 -

La mort d'un mineur dans le parking du centre commercial a généré des centaines de *posts* et une mousson de commentaires. Si les innovations technologiques passionnent Sasha, les réseaux sociaux l'intéressent dans une moindre mesure. En dehors d'une détérioration brutale du champ lexical (bougnoul, arbi, bamboula, tronc de figuier, enculé, sa mère la pute, pédé, tantouse, sodomite, bâtard, bosse à caca), il ne voit pas bien ce que les génies du commentaire peuvent lui apprendre qu'il ne sache déjà. Il se doute que K, B, M cherchent à le joindre mais il préfère s'abstenir de les contacter pour le moment. Et quand bien même il le voudrait, on lui a confisqué son téléphone.

Les policiers sont arrivés aux aurores. Ils sont passés du ballet silencieux de l'encerclement à l'assaut, ont demandé à sa mère où se trouvait sa chambre et défoncé la porte comme on rentre bourré de soirée. Clé de bras, ventre au sol, menottage, « Sasha Favre ? ».

Passée la sidération, Sasha s'est efforcé de rassurer sa mère et lui a promis de rentrer pour le dîner. Les voisins racontent qu'Alice a hurlé, supplié les policiers de ne pas malmener son fils. Les gens disent aussi qu'Alice n'est pas droite dans sa tête à cause des médicaments.

Dans le fourgon qui l'emporte, Sasha sourit aux hommes cagoulés qui lui font face, moins par provocation que par l'émerveillement que suscite cette sortie inespérée de lui-même. Il s'arrache à l'empilement des jours mornes. Sa vie s'habille d'un récit : il s'est fait arrêter.

Il avance, escorté, dans les couloirs de la préfecture. D'autres mineurs attendent d'être auditionnés, certains accompagnés de leurs parents. Un homme jeune en chemise cravate vient à leur rencontre, échange quelques mots avec les policiers et se présente :

– Bruno Triquet. Je suis ton avocat commis d'office. Je serai présent pendant toute la durée de ton interrogatoire. Ça devrait bien se passer. Ils veulent savoir où sont tes copains. Ils recherchent une voiture, de la drogue et des armes.

Sasha jubile. C'est plus qu'il n'en espérait. Il tient le rôle principal. Il pense à K, B et M, à la tête qu'ils feront quand il leur racontera.

La loi autorise la garde à vue d'un mineur à condition qu'il existe de sérieux indices laissant présumer de sa participation à une infraction grave. Dans le cas de Sasha, des images de vidéosurveillance enregistrées dans le parking souterrain d'un centre commercial proche de son domicile le montrent de façon récurrente en présence d'individus fichés au registre des mineurs. Un adolescent a été abattu sur une place de stationnement. Il a reçu deux balles de 22 LR en pleine poitrine et si rien ne permet à ce stade d'établir un lien entre sa mort et les personnes en compagnie desquelles Sasha apparaît sur les vidéos, de fortes présomptions pèsent sur eux.

Escorté jusqu'au bureau du juge, Sasha répond aux questions qui portent sur son identité et son emploi du temps mais se tait lorsqu'on le questionne sur ses amis, comme l'avocat le lui a conseillé. Il est conduit ensuite dans une salle aux odeurs d'oursin mort où on lui ôte les menottes. Il reçoit de l'eau, un sandwich et l'autorisation de se rendre aux toilettes. Une heure se passe et deux nouveaux policiers (une femme, un homme) arrivent, mandatés pour l'interroger sous la surveillance étroite de l'avocat commis d'office et d'une psychologue. Les premières questions sont anodines. On évoque son parcours scolaire, ses renvois à répétition, sa tentative avortée de mettre le feu à la bibliothèque de son collège. L'avocat objecte : la scolarité de son client sort du cadre de l'enquête. Ce à quoi il lui est répondu que Sasha et le garçon retrouvé mort dans le parking souterrain fréquentaient le même collège et étaient dans la même classe. L'avocat est pris de court. Sasha baisse les yeux. Son cœur s'affole. Il sait qu'à tout moment la situation peut basculer à son désavantage, ses pieds se transformer en sabots de diablotin ou en tentacules de pieuvre, son nombril rouler sous la table.

– De quel côté es-tu ? lui demande la policière.

– Question discriminatoire, intervient la psychologue.

– Comment t'appellent tes copains ? Sasha ? Salah ? Tu vas à la mosquée ?

La psychologue émet une nouvelle objection, appuyée cette fois par l'avocat. Sasha savoure son importance. Il garde ses opinions pour lui. La burqa ? Le kami ? Du folklore. Le djihad ? Du théâtre de marionnettes. La charia ? Seul un décérébré peut souhaiter retourner vivre au Moyen Âge. Allah est grand ? Admettons, mais on se fout complètement de sa taille.

– Ils m'appellent S tout court, répond Sasha.

Il ne s'est jamais senti aussi fort, en prise avec la réalité, celle contre laquelle on se cogne, on se fracasse, celle qu'on kiffe et qu'on redemande. Il a envie de l'éprouver plus fort, de l'étreindre, de rendre folle cette policière qui croit l'impressionner en débitant ses questions comme des cartouches d'arme automatique.

– On a juste eu envie de rigoler.

– Pardon ?

– Moi ? J'ai rien dit !

La policière se cabre. Son co-équipier rompt l'alternance. Il veut savoir, et tout de suite, ce que Sasha fabriquait dans le parking le jour où W, quinze ans, a été abattu. Il énumère en cascade des noms de mineurs fichés dont Sasha n'a jamais entendu parler, mentionne à plusieurs reprises la plaque d'immatriculation de la voiture du grand frère de K et un certain nombre de drogues, exige que Sasha s'explique sur son rôle dans ce trafic. L'avocat fait systématiquement barrage mais reste prudent. *On a juste eu envie de rigoler* n'est pas le genre de déclaration à prendre à la légère. Elle est de celles qui laissent des traces sur un dossier, allez savoir pourquoi, crime et hilarité n'ont jamais fait bon ménage sur les bancs des juges, fûssent-ils juges des mineurs. Sasha est galvanisé par toute cette tension autour de lui. Il sait qu'il sera relaxé, qu'aucune charge ne pèse contre lui (son avocat a été clair sur ce point), mais souhaite-t-il vraiment en terminer ?

– C'est moi qui ai tué W, dit-il, en se tournant vers l'avocat.

Ce dernier exige une suspension immédiate de séance. En règle générale, les mineurs sont peu loquaces, surtout quand on vient les réveiller à 7 heures du matin au domicile de leurs parents et qu'on met ce dernier à sac. La promptitude de Sasha à passer aux aveux tend à conforter les policiers dans l'idée qu'il couvre ses amis et n'est pas directement impliqué dans l'affaire qui les occupe. Ils s'interrogent sur la suite à donner à cette confrontation. Bruno Triquet, lui, est furieux. Il pensait rentrer tôt préparer sa valise pour le week-end.

– Qu'est-ce qui t'a pris ?

– C'est moi qui ai tiré. C'était un accident.

– Un accident ? Avec un 22 LR ?

– On l'a trouvé par terre dans le parking. W est arrivé. On a voulu lui faire peur et le coup est parti.

– Il y a eu deux balles tirées. La première peut éventuellement être partie par accident. La seconde emprunte plus sérieusement la trajectoire de l'homicide volontaire. Tu sais combien on prend pour homicide volontaire ?

– Écoutez, moi, je vous explique comment ça s'est passé, après, vous en faites ce que vous voulez, c'est plus mon problème.

– C'est plus ton problème, opine l'avocat qui vient de comprendre qu'il peut renoncer à son week-end à Barcelone. Écoute bien ce que je vais te dire : soit tu dis la vérité, soit je serai dans l'incapacité d'assurer ta défense et il faudra te trouver un autre avocat.

L'interrogatoire reprend. Sasha n'écoute plus les questions qu'on lui pose. Son taux d'adrénaline atteint des records. Il pense à K, B et M. Maintenant, ils sauront de quoi il est capable et les grands frères de B ne le feront plus chier. La vie est une bombe à retardement, tic-tac, tic-tac, l'unique question est de savoir à quel moment elle va exploser, tic-tac, tic-tac. Un jour, il y a longtemps, elle a explosé. Sa sœur le lui a raconté.

Ce matin-là, c'est la course pour arriver à l'heure à l'école. Le moteur tourne. La voiture répand son haleine de diesel dans un ciel orangé. Sur la banquette arrière, Sasha, cinq ans, somnole. Léa arrive en courant, sa boîte de tartines à la main. Ils se mettent en route, se racontent des blagues. Arrivés au carrefour, ils constatent que la voie est barrée. Des panneaux lumineux renseignent une déviation. Jamais deux sans trois, dit leur père. Et Léa comprend : en un, elle oublie ses tartines ; en deux, la route est barrée ; et en trois, ce sera quoi ? Ils s'en remettent à la signalétique. Léa se faufile à l'avant sur le siège passager, endosse avec enthousiasme le rôle de copilote, déchiffre les panneaux routiers du mieux qu'elle peut. Parfois elle trébuche sur un mot et son père la corrige. Quand enfin ils reconnaissent une chaussée familière. Son père accélère. Ce qui advient ensuite restera à jamais insaisissable. Léa sait seulement que le temps a ralenti, que tout a scintillé autour d'eux. En un seul mouvement de nuque, la vie s'est condensée et redéployée, des sons, des voix ont émergé, tous les gens qu'elle aime se sont réunis autour d'une grande table, puis la lumière s'est éteinte.

Ce pourrait être une fin si ce n'était un commencement. Quand Léa recouvre ses esprits, elle voit l'impossible position de son père. Elle a pourtant bien lu le panneau. L'a-t-elle lu assez fort ? L'a-t-elle bien prononcé ? Sur la banquette arrière, son frère hurle ce mot qu'il ne prononcera bientôt plus à voix haute, ce mot si douloureux : papa. Dans la mosaïque de verre fragmenté, des visages sont apparus. Ceux des ouvriers de chantier.

Peu après le terrible accident, Léa découvre un livre sur le bureau de son père. Un beau livre ancien dans un état épouvantable. Elle commence à le lire. Les mots sont compliqués. Le texte est ardu mais lui inspire des images, dessine des paysages, parfois des histoires entières.

Comme son père avant elle, Léa abdique rarement devant une lecture difficile et elle se laisse emporter, les mots font naître des objets en pagaille, des créatures à la fois gentilles, méchantes, effroyables, désopilantes, stupides et ingénieuses. Un univers surgit.

Léa ne parle pas de sa trouvaille à sa mère et dissimule le livre sous son matelas. Chaque soir, elle en lit un passage à son frère. Soit il pleure, soit il dort, soit il fait semblant d'être mort. Il était une fois des dindes mi-humaines mi-oiseaux, mais nées sur la terre ferme. Elles n'avaient pas été envoyées par le Très-Haut. Elles n'avaient pas non plus été chassées du Paradis : pour être chassé de quelque part, encore faut-il croire à ce quelque part, or ce n'était pas leur cas. La Terre leur suffisait. Curieuses de tout, dotées d'un redoutable sens logique et d'un talent d'observation affûté, rien ne leur échappait. Elles déploraient toutefois leur petite taille qui les obligeait à observer le monde à hauteur de cheville. Elles avaient hâte de s'élever, de grandir. Ces finaudes étaient aussi d'insatiables bavardes gourmandes de connaissances. Elles n'aimaient rien tant que débattre, mettre les choses en perspective, pratiquer la contradiction. Elles commençaient à voler de leurs propres ailes quand un livre fut imprimé, qui ne tarda pas à devenir un best-seller. Des exemplaires circulèrent, agrémentés de lettrines peintes à l'or, d'enjolivures et de splendides illustrations restituant au texte son enchantement. En dépit de son remarquable succès, les dindes volantes le considèrent pour ce qu'il était : un livre. Très bon, certes, bien ficelé, plein de rebondissements, mais un livre tout de même, possédant ses vertus et ses limites. Les plus honnêtes en payèrent le prix fort : elles durent boire le poison, se firent rôtir devant une foule en liesse. L'histoire ne s'attarde pas sur les tortures qui leur furent infligées mais ne laisse aucune place au doute : elles subirent les châtiments les plus barbares, furent soumises à des supplices vicieux et sommées de jurer que le Paradis existait. Mais au lieu d'abdiquer, la lecture devint leur antidote dans l'adversité. La littérature – toute la littérature – devint leur endroit, un endroit habitable entre réalité et fiction où elles pouvaient aller et venir, flâner et faire leur miel sans jurer fidélité à quiconque. L'histoire se conclut par quelques décapitations atroces et une multitude de destins lumineux prouvant que les plus audacieuses n'ont pas été sacrifiées en vain.

Alice est sans nouvelles de son fils. Elle cherche Milan Kundera sous le canapé. Les policiers ont laissé un sacré désordre. « Alice, Milan Kundera n'est pas sous le canapé, tu l'as en main. Alice, tu m'entends ? » lui souffle Jean. Où qu'elle pose les yeux, les objets semblent déchus de leur fonction. En l'absence de Jean, plus rien n'a d'utilité. Elle est frappée par le soin avec lequel son fils a recréé les circonstances d'un drame et se fait un sang d'encre à l'idée du mal que cet enfant est capable de s'infliger. Elle s'assoupit et à son réveil, le soleil coule une bielle. Il jette des petites billes jaunâtres sur le mur. La jambe gauche suspendue dans le vide, elle est absorbée par leur étrange miroitement. Sa jambe droite s'est entortillée dans le plaid que Jean posait sur ses épaules l'hiver pour réchauffer ses longues nuits de lecture. Elle tente de se redresser dans le canapé, d'extraire sa joue du coussin, de libérer le menton. Elle a rêvé d'un homme-pansement. Elle aimerait boire un café, reprendre pied. À présent, ça lui revient : ce dégoût d'elle-même, le tarissement des citernes, le lait, les bananes et le Paromixil. Elle croit entendre Helena dans le couloir, mais ce n'est que le chat qui se faufile jusqu'à elle. Elle a foiré. Elle foire tout, même la garde à vue de son fils. Elle demande pardon à ses enfants. À partir de maintenant, elle va vivre, reconsidérer la place de Jean dans la maison, repeindre les murs, acheter de nouveaux meubles. Jean ne rentrera pas ce soir. Il ne s'allongera pas dans le canapé. Elle va revendre le canapé. Ce sera un bon début.

Le vendredi, Léa a cours de lexicologie. Le professeur justifie à lui seul qu'on sacrifie une heure de sommeil pour s'assurer une place aux premiers rangs de l'auditoire. Lescure est magnétique. À son contact, Léa entrevoit l'incipit de son premier roman : *Longtemps, je me suis levée de bonne heure pour écouter un certain Lescure*... À la fin du cours, elle rallume son téléphone. Une déflagration de messages apparaît sur l'écran. Sasha est en garde à vue. L'incipit n'est pas encore clair. Elle hésite entre *Mon frère est un connard* et *Il avait mis au point les modalités de sa destruction.*

Lorsqu'elle arrive à la maison, sa mère fait les cent pas

dans le salon.

– Ma chérie, tu as lu mon message ?

– Maman, tu m'en as laissé une dizaine au cas où cela t'aurait échappé. Alors… 8 heures et 4 minutes : *Ma chérie, des policiers ont arrêté ton frère.* 8 heures et 5 minutes : *Je vais mourir.* 8 heures et 7 minutes : *Ma chérie, tout va bien, ce n'est pas la peine de venir.* 8 heures et 18 minutes : *Mon bébé, l'officier de police m'a tout expliqué, Sasha n'est pas suspecté, il sera interrogé à titre de témoin.* 8 heures et 19 minutes : *Ma chérie, j'ai signé des documents, je crois que j'ai commis une erreur monumentale.* 8 heures et 22 minutes : *Ma chérie, ne t'occupe pas de moi, va à ton cours, je me débrouille.* 8 heures et 47 minutes : *Ma chérie, c'est très grave, Sasha est en garde à vue, où es-tu ?* Les messages suivants sont incohérents. Tu as pris tes bêtabloquants en même temps que tes anxiolytiques, je me trompe ?

Sans doute sont-ils tous fous dans sa famille, elle y compris. Mais les familles saines d'esprit existent-elles ? La cohésion d'une famille ne tient-elle pas aussi à ses égarements, ses défaillances et ses obscurs chemins de réparation ?

Maintenant qu'elle est là, elle va prendre les choses en main, éplucher les documents que sa mère a signés, lire les droits des personnes mineures en cas d'arrestation, appeler la Préfecture et le bureau des Affaires judiciaires. Elle va protéger son frère des autres et de lui-même. Mais d'abord, elle se penche, ramasse, décorne, dépoussière en archéologue les ouvrages malmenés, les range selon la logique propre à son père, s'appuyant sur la date mentionnée dans l'espace en pointillé de l'ex-libris, respectant un ordre chronologique de lecture mis à mal au fil des ans.

Elle excelle dans l'art de gérer les pics d'angoisse de sa mère et les déroutes de son frère, se sent à sa place dans le rôle de copilote, décrypte les obstacles et les déviations, lit les panneaux de leurs âmes égarées, s'efforce de les remettre sur la voie. Elle n'a pas le temps de sonder l'importance des livres dans l'économie psychique de sa famille, elle doit absolument s'occuper de Sasha.

Elle monte dans la chambre de son frère fouiller son ordinateur. Malheureusement, les policiers l'ont devancée (ils auraient eu tort de se gêner : au vu du temps qu'il passe en ligne, jamais un être humain ne le connaîtra aussi bien que son ordinateur). Elle se sent dépossédée, brutalement inutile. Elle n'est en mesure de sauver ni sa mère abrutie par les médicaments ni son frère dont le mot de passe (qui a verrouillé si longtemps son intimité) est sans doute craqué en ce moment même dans les bureaux de la police judiciaire. Elle se sent défaite de ses responsabilités, rendue à elle-même, petite, toute petite. Elle s'assied sur le lit, respire la présence de Sasha. À dix ans, il a demandé à avoir une chambre à lui. Elle a vécu cette velléité d'indépendance comme une trahison, une déclaration de désamour. Il a investi cette chambre gigantesque jusqu'alors réservée aux invités, a organisé une pendaison de crémaillère à laquelle il a convié ses meilleurs camarades de classe. Elle se souvient encore de leurs visages. Ils étaient bruyants, joyeux, en pleine santé et leur joie ne faisait qu'ajouter à sa solitude. Un mur d'incompréhension s'est élevé entre eux. Son frère la toisait :

– T'as rien à faire dans ma chambre. Je ne suis plus ton jouet.

Ces mots l'ont anéantie.

– Il ne s'agit pas de moi, idiot. J'essaie seulement de te protéger.

– J'ai pas besoin d'une garde rapprochée. Dégage.

L'année qui a suivi, ils ne se sont pratiquement pas adressé la parole puis, sans qu'elle en connaisse la raison, il a laissé la porte de sa chambre ouverte. Mais rien ne fut plus jamais comme avant. Avec une énergie inédite, il revendiqua sa propre compréhension du monde. Il suffisait qu'elle dise blanc pour qu'il affirme noir. Quand elle le félicitait pour ses résultats scolaires, il prenait un malin plaisir à être collé les jours suivants. Son cartable ne franchissait jamais la porte de sa chambre, il l'abandonnait au pied du portemanteau dans l'entrée afin qu'il fût absolument clair qu'il n'y toucherait pas. Il évita les devoirs comme d'autres, les serpents ou les araignées.

Lorsque Léa redescend, sa mère paraît plus calme et revigorée par un échange téléphonique avec l'avocat. Il accepte d'assurer la défense de Sasha. Léa ne comprend pas.

– Je croyais que Sasha avait été arrêté à titre de témoin et qu'il rentrait aujourd'hui, c'est bien ce que tu m'as dit ?

– J'ai dit ça ? Tu es sûre ?

Peu après 16 heures, le téléphone d'Alice retentit à nouveau. C'est Sasha. Alice met le haut-parleur afin que Léa n'en perde pas une miette. Il existe de meilleurs chemins qu'un relais antenne pour démêler les tensions familiales, mais il a droit à un appel et souhaite s'en servir pour répandre la bonne nouvelle, faire savoir au monde entier que la prison ne lui fait pas peur et qu'il tiendra le choc. Elles l'écoutent, au début sans l'interrompre, leur compréhension troublée par l'enthousiasme avec lequel il décrit sa situation. On dirait qu'il s'amuse.

– Pourquoi leur as-tu dit que tu étais le meurtrier, mon chéri ? Tu t'entendais très bien avec ces garçons. Tu n'as tué personne, n'est-ce pas ?

– J'ai dit la vérité.

– Quelle vérité, mon chéri ?

– C'était un accident. La balle est partie.

Alice tente d'imaginer son fils déchargeant un fusil dans la cage thoracique d'un garçon de son collège. Être la mère d'un meurtrier n'équivaut-il pas à complicité pour meurtre ?

– Mon bébé, écoute-moi…

Son visage prend un teint cireux et anémié. Léa lui arrache le téléphone des mains avant qu'elle ne fasse un malaise. Elle ravale un juron juste avant qu'il ne franchisse l'ourlet de ses lèvres. L'important est que son frère rentre sain et sauf. Pour les détails, on verra plus tard.

– Arrête tes mythos.

– Pardon ? Qui est à l'appareil ?

– Léa.

– Désolé, je ne connais aucune… Attendez… La Léa ? L'illustre Léa Favre ?

– Arrête de jouer les débiles.

– T'es pas à la fac ? T'as brossé un cours ? Fais gaffe, tu vas rater ton année si tu continues.

– Dis la vérité aux policiers. Hier, maman était à la maison et toi, t'as pas bougé de ta chambre, grosse paillasse.

– Maman ? T'as bien dit maman ? Depuis quand tu t'en préoccupes ? Et d'où tu connais son emploi du temps ? Tu habites plus à la maison.

– Écoute-moi bien, petit merdeux, aucune charge n'est retenue contre toi. Ta déposition, c'est du pipeau. Si tu veux foutre ta vie en l'air, ça te regarde mais s'il te plaît, ne viens pas…

Il a raccroché. Il met tant d'énergie à ruiner son existence qu'il pourrait en faire une matière, une spécialisation.

- 15 -

Posé à même la moquette, un pot en argile héberge une plante grasse aux feuilles en forme de raviolis. La pilosité de la plante pourrait constituer le point de départ d'une séance mais Sasha n'a pas envie de parler aujourd'hui. Ces consultations commencent à lui taper sur le système. Il aimerait passer à autre chose. Son âge et son absence d'antécédents judiciaires n'ont pas influencé le verdict. Le juge a exigé trois mois d'emprisonnement avec sursis pour faux témoignage, assortis d'une amende de dix mille euros. En attendant d'être rescolarisé, il est astreint à deux séances de psychothérapie par semaine. Il a pleuré sur les raviolis, a mis des mots sur son désir, bon, ça, c'est cool. Il est peut-être même en train de comprendre les mécanismes qui l'ont conduit à s'enfermer tous les après-midis dans une voiture au troisième sous-sol d'un parking avec d'anciens camarades de classe, à recréer les conditions d'une promiscuité extrême dans l'habitacle d'une voiture. Sans doute cherchait-il à entrer en contact avec *lui*. En s'accusant d'un crime qu'il n'a pas commis, a-t-il voulu *lui* faire savoir que désormais plus rien ne l'effraie ? Était-ce l'unique moyen de surmonter les affres du deuil ? Tout ça forme un micmac dans sa tête.

L'enquête reste ouverte. De nouveaux éléments de preuves balistiques ont été versés au dossier mais les assassins de W courent toujours. W s'est malencontreusement trouvé sous les feux croisés de deux nouveaux venus dans le quartier, deux pointures surarmées qui depuis peu font la loi dans les cités de la couronne et privent de leur gagne-pain les honnêtes dealers. Le modèle du fusil dont a été victime W a mis la police sur une fausse piste. En général, ces gars-là s'expliquent à l'arme lourde. Face aux colosses d'Europe de l'Est, le grand frère de K fait figure de petit épicier.

En sortant de sa séance, Sasha ne se retourne pas. Il rejoint le quartier pavillonnaire aux maisons faussement modestes et aux jardins arborés retranchés derrière leur jolie enceinte opaque. Sa vie entière pourrait s'écouler sans qu'il ne revoie jamais ses anciens camarades. Il marche en zone libre. Les gens qu'il croise ne sont pas une menace. La vie ne lui offre pas une seconde chance mais plusieurs. Ses possibles l'accompagnent par dizaines, parfois ils se disputent la primauté et Sasha ralentit, croyant distinguer un bruissement d'aile. Voilà en quoi consistent en gros ses privilèges de pavillonnaire. Arrivé à la maison, il se jette sur son lit, convoque l'intelligence artificielle, lui réclame une histoire. Il jouit sur son poing refermé, conserve de sa lecture un léger écœurement, celui d'un récit prévisible sans chair ni imagination.

Il refuse de voir sa sœur. Son refus est la hache qui brise la mer gelée en elle. Elle croit tenir enfin l'incipit de son premier roman. *J'étais devenue comme ces antennes relais qui ne captent plus le programme…* Elle pense à lui en permanence, s'en veut terriblement de l'abandonner à ses tourments d'adolescent. Puisqu'il ne souhaite pas la voir, elle lui écrit, s'engouffre dans l'urgence de ce qui doit être écrit, lui dit qu'elle va rendre les clés de sa chambre et rentrer vivre à la maison à la fin du trimestre, une fois passés ses examens. Sa place est auprès de lui. Comment envisage-t-il la suite ? Les vingt prochaines années ? S'il refuse de la voir, peut-il au moins répondre à ses messages ? En quoi peut-elle lui être utile ? Veut-il bien lui répondre ? C'est assez pénible de parler à un mur, s'en rend-il compte ? Sasha, réponds s'il te plaît.

Elle lui envoie un dictionnaire dans l'éventualité où il aurait perdu ses mots. Elle n'a jamais rencontré pareille tête de mule. Et puisqu'il n'y en a que pour sa petite personne, puisqu'elle compte pour du vent, eh bien, soit, qu'il se démerde, qu'il pourrisse, lui et sa mytho. Elle est désolée, ses mots ont dépassé sa pensée, elle l'aime, évidemment qu'elle l'aime, c'est la situation qui est absurde. Comment va-t-il ? Tient-il le coup ? S'il n'a pas envie de répondre, elle comprendra. Ils parleront quand il se sentira prêt.

Depuis la garde à vue de son frère, suivre les cours est devenu compliqué. Elle scrute constamment l'écran de son téléphone, ne sait à quel prof se vouer. Les lampes bols-de-lait de la salle Jacqueline de Romilly ont pris une teinte gris merde. Dans son cerveau, c'est la grève générale. La pièce de théâtre qu'elle étudie (*Antigone* de Jean Anouilh) s'ouvre sur un combat fratricide, laisse un frère sans sépulture, veut enterrer vivante une sœur et se conclut sur un suicide par pendaison, un fiancé qui s'éventre et une belle-mère qui se tranche la gorge. Bonjour, la famille.

Léa veut croire que dans un sursaut de lucidité Sasha transformera l'expérience de la garde à vue en enseignement positif. Elle regrette le temps (pas si lointain) où son frère lui volait ses fiches de lecture. Ses parodies de *Don Quichotte* lui manquent, quand il se jetait dans le grand canapé en hurlant « Ne fuyez pas, lâches et viles créatures, c'est un seul chevalier qui vous attaque ! » Et boxait les coussins. Comme elle aimerait que leur père soit encore là. Lui saurait quoi lui dire. Les livres ne peuvent pas tout. Les livres sont juste des livres.

Aujourd'hui, son cours de littérature porte sur deux textes qu'elle peine à corréler. Elle entre facilement dans le premier, *La matière de l'absence* de Patrick Chamoiseau mais reste hermétique au second, *Tandis que j'agonise* de William

Faulkner, à cause des dialogues escamotés, des abréviations censées apporter au texte plus d'authenticité. Avec tout cet argot du comté fictif de Yoknapatawpha, les dialogues finissent par ressembler à du morse.

Les deux romans offrent la description d'une cérémonie mortuaire et un portrait de l'être disparu, l'un en plein, l'autre en creux. Léa tente de développer des arguments mais un mort plus intime l'accapare, un mort qui aurait sans doute aimé qu'on éparpille ses cendres au cimetière du Père-Lachaise, en bonne compagnie entre Proust, Balzac et Molière, un mort qui se serait frayé un chemin jusqu'à Eluard et Apollinaire en servant d'engrais aux pissenlits, un père finalement rapatrié et inhumé dans le caveau familial en de très solennelles funérailles dont elle n'a aucun souvenir. Aurait-elle aimé en conserver un peu ? Oui. Oh, pas grand-chose. Quelques grammes de son père auraient suffi.

Sasha lave le sperme sur sa main. Il peine à affronter son reflet dans le miroir. Son teint est olivâtre. Sa peau suinte une cire d'un nouveau genre. Ses traits se sont durcis. Des poils hirsutes sont apparus. Une expression d'atterrement a remplacé le sourire malicieux sur ses lèvres. Son emploi du temps oscille entre masturbation et étude des modalités d'un suicide. Pour la première fois depuis que les policiers sont venus l'arrêter, il se sent l'énergie de ranger sa chambre. Après son départ, il souhaite laisser une bonne impression, celle d'un garçon lucide et réfléchi qui a mis fin à ses jours en pleine conscience, un garçon propre et organisé. Il récolte emballages de barres chocolatées et canettes, en fait une jolie pyramide au milieu de la pièce, rassemble son linge sale et celui sorti des armoires sans avoir été porté en une seconde pyramide qu'il repousse dans un coin de sa chambre, ouvre fenêtres et volets, libérant un air saturé d'odeurs corporelles et redonnant apparence à des constellations de grains de poussière tournoyants, passe l'aspirateur, réagence ses tours, ses disques durs externes, ses claviers, ses casques d'écoute, nettoie ses écrans à l'aide d'un chiffon et d'un produit nettoyant destiné aux plaques de cuisson en vitrocéramique, ôte la poussière accumulée sur les tablettes et à la surface des meubles, récupère une paire de draps propres dans l'armoire de sa mère et fait un sort à ses vieux draps crasseux. Arrivé presque au bout de ses peines, exténué par tant d'efforts, il trouve entre le matelas et l'oreiller, un livre qu'il n'a plus vu depuis des lustres. Il s'en souvient comme d'un parfum ou d'une musique. Sa couverture en maroquin orangé est aussi douce qu'une peau de vieille dame. Au centre, les vestiges d'un blason imprimé en repoussé suggèrent des pastilles traversées par un glaive. Sasha croit se souvenir que le blason ne se trouvait pas sur la couverture mais à l'intérieur du livre. Qu'importe, c'est bien le livre que sa sœur lui lisait quand ils étaient petits. Sur la tranche, imprimés à l'encre dorée, titre et nom de l'auteur restent partiellement lisibles. Des lettres manquent et celles qui ont survécu sont espacées de façon irrégulière comme les dents de certains vieillards. Les nerfs qui encadraient la pièce de titre ont disparu. À la place, un ornement vertical composé de lignes pleines et en pointillé, de motifs floraux et d'arabesques, court jusqu'aux extrémités inférieure et supérieure de la tranche.

Il l'ouvre, s'allonge sur son lit, admire le contreplat avant en papier marbré aux nuances bleu ciel. Il aime cette couleur. Il n'a pas l'intention d'y consacrer la journée mais puisqu'il va mourir, autant savoir de quoi ce livre parle. Sa sœur et lui ont au moins un point en commun : la volonté de ne pas mourir idiots. Il se souvient de l'époque où elle lui lisait le livre des possibles à voix haute. Elle tenait absolument à ce qu'il comprenne cette histoire effrayante de guerres et de persécutions, de tortures et d'assassinats. Plus elle insistait, moins il l'écoutait. Avec le recul, Sasha se demande si une partie substantielle de ses cauchemars d'enfant ne proviennent pas de ces séances de lecture. Il lit les premières lignes et se laisse happer par le récit. Il est plongé dans un état de concentration inhabituel. À quoi tient le pouvoir de ces mots imprimés sur le papier ? Aux images qu'ils font naître ? Au rythme de l'écriture ? Au réalisme des situations ou à la sensation prodigieuse de se trouver plongé dans le cerveau d'une autre personne ? Il dévore les chapitres. Qui sont ces dindes à la mords-moi-le-nœud dont les ailes ne commencent à pousser qu'à la puberté ? Ces créatures à la fois tendres et caustiques, aimantes et glousseuses, humaines et aviennes, fuyant les armées célestes comme un variant de la peste bubonique et se payant la tête des rabbins, des papes et des mollahs ? Qui sont ces fauteuses de troubles courageuses et indociles ne voyant le vice nulle part sinon dans l'obligation de croire et d'obéir, osant dessiner l'anus des idoles et dont la langue est si pendue qu'on les entend encore rire et parler des siècles après leur mort ? Le livre ne le dit pas noir sur blanc. Le plus étrange dans tout ça est qu'arrivé à la fin du chapitre 14, revenant au premier, encore tout étourdi par sa lecture, Sasha constate que le texte s'est modifié pendant qu'il lisait : il est toujours question de dindes volantes mais les protagonistes ont de nouveaux prénoms et le personnage central s'est teint les ailes en bleu et a mis des paillettes sur ses testicules.

- 16 -

Émile a toujours reproché à Blanche son laxisme. Blanche ne s'est jamais pliée à son autorité. Et pourtant ils sont là, blottis sous le même toit, à un souffle l'un de l'autre. Ils ergotent depuis si longtemps qu'ils ont perdu de vue l'objet de leurs disputes. Ils ressemblent à deux pays limitrophes engagés dans un conflit permanent.

L'hiver d'un couple. Les problèmes de mémoire et d'arthrose. Les sinus bruyants, les prothèses de genoux, la vie au ralenti, la vie presque immobile de la cuisine à la salle à manger, de la salle à manger au salon, du salon à… où allait Blanche déjà ? Émile ronfle devant *Crime District.* Un tueur en série se confectionne un sandwich avec la joue congelée de son troisième amant. Ça y est, ça lui revient à présent : elle montait se coucher quand quelqu'un a éteint la lumière dans son cerveau. Sa tête lui joue des tours.

Blanche n'est plus là que quelques heures par jour. Elle s'active et se désactive. Soudain, des espaces entiers de sa conscience s'éteignent. Elle migre de pièce en pièce sans but précis. On ne lui a diagnostiqué ni affection neurodégénérative ni protéines bêta-amyloïdes ni, ni, ni, et pourtant sa vie ressemble de plus en plus à un bloc d'emmental.

Elle s'engage dans l'escalier, monte au premier étage, espère ne pas rester métabloquée à mi-parcours. Ses jambes sont encore bonnes. De vraies petites cuisses de grenouille, c'est son cerveau qui, que, enfin bref. Elle gravit la volée d'escaliers, son souffle est celui d'une jeune sportive, ne serait-ce pas l'occasion de se féliciter ?

Quand Jean est mort, les mots lui ont manqué. La douleur était si vive qu'elle s'est trouvée dans l'incapacité de lire quoi que ce soit. Elle ne se sentait bien qu'en compagnie de ses petits-enfants. Avec eux, elle pouvait s'évader, reconquérir des mondes, explorer de nouveaux espaces mais avec les adultes, les mots s'étaient dégonflés. Elle feignait de les entendre, s'en remettait aux probabilités : les gens disent à peu près toujours la même chose, il suffit d'acquiescer et ils vous laissent tranquille. Elle réussissait à faire illusion mais elle était morte avec Jean. Et si elle trouvait du réconfort au contact de Sasha et Léa, c'était Jean qu'elle cherchait dans leurs yeux.

Il lui a fallu plusieurs années avant de se replonger dans ses chroniques, l'apercevoir entre les lignes, deviner s'il avait rédigé un article au fil de la plume ou sous la pression d'un rédacteur en chef, savourer son humour, ses circonvolutions complexes. Elle regrettait ne pas avoir enregistré sa voix. La voix des êtres chers est ce qui disparaît en premier.

Et les petites pannes de cerveau ont commencé, auxquelles est venue s'ajouter une macula. Elle s'est accommodée de verres de lunettes toujours plus puissants. Sa concentration diminuait.

Quand elle lisait, les phrases lui apparaissaient incomplètes. Elle passa du roman à la nouvelle, de la nouvelle au poème, du poème aux mots fléchés, aux gros titres des journaux, aux affiches promotionnelles dans les supermarchés. Puis les mots devinrent des chenilles. Elle ne lut plus du tout. Un jour, sa libraire lui suggéra un livre audio et ce fut une révélation. Elle se laissa happer par la voix du comédien. Le texte agit sur elle comme une perfusion, imprima à nouveau des images dans son cerveau, l'invita dans des lieux aussi insoupçonnés que les bayous de Caroline du Nord, les marais de Barkley Cove, les recoins où chantent les écrevisses. Elle se mit aux livres audio et ils firent chambre à part. Cet emmerdeur d'Émile n'avait jamais supporté les livres silencieux. Alors, les livres qui parlent, vous imaginez ! Il détestait entendre les acteurs caqueter comme des coqs de basse-cour. Blanche, en revanche, ne s'est plus jamais endormie sans André Dussollier, Jennifer Decker, Hortense Monsaingeon, Jacques Gamblin ou Laurent Deutsch. Elle s'est découvert une passion pour l'anglais grâce à Susan Sarandon. L'anglais augmentait encore l'intensité du voyage. Elle remontait le courant, redécouvrait des mots appris à l'école et depuis longtemps oubliés, retournait en ces temps immémoriaux où sa mère lui faisait la lecture à voix haute.

Le matin, de longues plages sans pannes de cerveau adviennent durant lesquelles elle prend les décisions importantes : se laver, s'habiller, mettre de l'ordre, appeler ses petits-enfants au téléphone… Le plus souvent, ils ne décrochent pas. Elle prend l'air au jardin. Ensuite, la camionnette vient apporter leur déjeuner à domicile, ils font une sieste chacun de leur côté, l'après-midi s'écoule dans un léger brouillard, la camionnette repasse livrer le dîner et avant de se mettre au lit vers six heures du soir, elle n'omet jamais de faire un crochet par la salle de bains où l'attend la mission périlleuse de se… dégoupiller ? Se… dépatouiller ? Se… décalaminer ? Et voilà, encore un mot qui fout le camp. Elle se bat bec et ongles contre l'oubli. Comment saura-t-elle qu'elle meurt si à l'instant fatidique, le sens même du mot *mort* lui échappe ? Elle presse l'interrupteur de la salle de bains. L'ampoule émet un bourdonnement d'abeille synthétique.

Faire sa toilette est devenu une expédition. Trouver cette pâte blanchâtre qui réduit le saignement des gencives, bon Dieu, un monde sans mots, quel néant ce doit être ! Elle cherche un verbe à conjuguer. *Caracoler. Contusionner. S'ébaudir.* Curieusement, les mots les plus compliqués surnagent là où le langage courant s'étiole. Elle l'a pourtant sur le bout de la langue ! *Dentifrice*, nom de Dieu ! Le *dentifrice* !

Régulièrement, elle met à jour les modalités de ses funérailles. Elle voudrait être enterrée avec les chroniques de Jean. Si elle pouvait y ajouter quelques romans, ce serait formidable. Dans des proportions raisonnables bien sûr, elle ne souhaite pas causer de soucis logistiques. Elle veut partir comme elle est venue, légère et entourée d'une nébuleuse d'histoires. Elle sent vibrer quelque chose dans la poche de son peignoir, récupère cet accessoire qui tient davantage du poudrier que de l'électronique, appuie sur toutes les touches à la fois.

– Bonsoir, mamy.

– Léa ? Léa, c'est toi ? Léa, tu m'entends ? Ah ! Ce que je déteste ces appareils !

– Je te dérange ? Tu dormais ?

– Tu ne me déranges jamais, mon trésor.

Sa petite-fille tombe à point nommé, Blanche va lui raconter les dernières frasques d'Émile. Il veut creuser un bassin dans le jardin et y rapatrier des truites, mais Léa l'a prise de court. Léa parle trop vite, les jeunes parlent à une vitesse affolante, ils inventent de nouveaux mots tous les jours : *complosphère*, *vaxinodrome*, *écoanxiété*… On se demande où ils vont les chercher. Comment s'y retrouver dans ces conditions ? Blanche consent à fournir un effort. La *glottophobie*, par exemple, elle aime bien. Elle voit la petite glotte frémir au fond de la gorge. Mais *rassuriste*… *enfermiste*… *gênance*… pourquoi dire *gênance* quand le mot *gêne* existe et fait convenablement le boulot ? Elle va déjà essayer de retenir *dentifrice*. À chaque jour d'effacement suffit sa peine.

– Mamy, on arrive demain, tu n'as pas oublié ?

– Qui, mon trésor ?

– Maman, Sasha et tante Cécile.

– Mince, ça fait du monde. Et toi, tu ne viens pas ?

– Évidemment que je viens. Tu as retrouvé les lettres ?
– Quelles lettres ?
– Les lettres de Justine, ta maman.
– Elles doivent être quelque part, mais où ?
– Je te rapporte le livre.
– Quel livre ?
– Enfin, mamy, ton livre. Celui qui était dans ton berceau.
– Écoute, ma chérie, j'ai des abeilles dans la tête en ce moment, je vais te laisser.
– Bonne nuit, mamy.
– Bonne nuit.

C'est devant la télévision qu'Émile trouve ses idées les plus visionnaires : creuser un bassin dans le jardin, y constituer un élevage de truites, installer des caméras de surveillance, acheter un pitbull. Il n'a jamais eu de chien mais depuis qu'il a vu ce documentaire à la télévision, les pitbulls sont devenus une idée fixe. La télévision est sa raison de croire. La télévision dit tout haut ce qu'il pense tout haut, seulement lui, personne ne l'écoute. Les Chinois sont à nos portes. Bientôt ils rachèteront le lac d'Annecy. Avec des pédés au gouvernement, forcément, les poissons finissent hermaphrodites.

Réquisitionné par l'écran panoramique aux diodes autoémissives de sa télévision, Émile se demande s'il ne devrait pas présenter sa candidature aux prochaines élections municipales.

Émile entend leurs voix dans l'entrée, résiste tant qu'il le peut au concept de rassemblement familial, s'accroche à son fauteuil et les regarde, impuissant, déposer leurs affaires n'importe où, ouvrir les placards, faire comme si cette maison leur appartenait. Il accepte finalement de les suivre au jardin, contemple sa fille Cécile en pleine lumière, qui ouvre sa valise et lui tend un after-shave acheté au duty free, des baskets qu'on ne trouve qu'aux États-Unis, sans lacets, aux scratchs phosphorescents, spécialement conçues pour les grabataires, un bracelet électronique en silicone avec bouton d'alarme en cas de chute ou de malaise vagal, un sweat-shirt personnalisé à son nom, *Émile Favre* et en dessous *Stanford 1951*. Mon Dieu, ce qu'elle a changé. Bronzée, bodybuildée, les cheveux coupés à la garçonne. On dirait GI Joe qui rentre d'Irak. À quel moment Cécile est-elle passée à l'Ouest ? Il ne s'en souvient pas.

Les pensées alignées sur un fuseau horaire, le corps sur un autre, Cécile fouille dans ses bagages à la recherche des compléments alimentaires qu'elle a rapportés à sa mère. L'iode du Pacifique, les cours de yoga ayurvédique, de Pilates et de Power Plate lui manquent déjà. Ici, la musique de ses pas (le *cloc cloc* métallique des béquilles alternant avec le son feutré d'une basket orpheline) prend une autre sonorité comme si son corps reconnaissait le terrain sur lequel il s'était fracassé. Elle tend à Alice une magnifique veste mexicaine brodée à la main. Elles s'étreignent, se demandent ce qui a leur a pris de rester aussi longtemps sans se voir. Aux enfants (qui n'en sont plus), elle a apporté des bracelets porte-bonheur en cordelette tressée. Quand ils étaient petits, la rencontre n'a pas eu lieu. Il y avait toujours quelqu'un pour rappeler que son pied escamoté constituait un danger. C'était terriblement blessant. Personne ne semblait envisager qu'elle fût maman à son tour.

– Alors, papa, qu'est-ce que tu racontes ?

Émile s'assure que Blanche se trouve hors de portée.

– Ta mère commence sérieusement à... (Il dévisse une ampoule imaginaire.) Les gens parlent, tu sais. Je n'ose plus sortir avec elle. Je ne veux pas qu'on raconte partout qu'elle perd la boule.

Émile oublie de préciser qu'il mène lui-même un combat acharné contre sa diminution et ne s'aventure plus seul dans les rues de son quartier.

– Il paraît que tu mets les auxiliaires de vie à la porte.

– Elles nous traitent comme des enfants, Cécile. Je pourrais les tuer rien qu'à leur façon de parler à Blanche.

– Mais vous ne pouvez plus vivre seuls, tu en es conscient ?

Bien sûr qu'ils peuvent vivre seuls, c'est quoi, ces conneries ? Il va installer des caméras de surveillance dans la maison, acheter un pitbull, cultiver des truites et vivre en autosuffisance. Jusqu'à nouvel ordre, le spécialiste de la survie en milieu hostile, c'est lui.

Les enfants ont préparé des sandwiches et dressé la table dans le jardin. Ils se sont installés au soleil dans un joyeux désordre. Allergique au gluten, Cécile a apporté son pain au sarrasin de Californie. Émile est un gros consommateur de roastbeef et de beurre salé. Alice, Sasha et Léa mangent de tout. Blanche ne déjeune pas, ça lui évite les crampes à l'estomac. C'est un moment suspendu. Un chant d'oiseaux rythmé par les bruits de fourchettes. Peut-être s'est-on un peu perdus de vue, s'est-on délaissés, ignorés, accusés, détestés, mais il semble que le temps d'un pique-nique, loin du tumulte du monde et de la tourmente de nos petits ego contrariés, on puisse encore être une famille.

Léa et Blanche sont assises côte à côte face au bassin inexistant où nagent des truites hypothétiques. Un rayon oblique leur barre le visage. Parfois, elles ne disent rien et l'enregistrement se poursuit. Il engrange une multitude de sons, frottements, souffles, bourdonnements d'insectes, frémissements du feuillage, auxquels viennent s'ajouter des coassements de grenouilles et les borborygmes d'un tuyau d'arrosage.

Léa a élaboré un plan de travail. Quand elle aura fini

d'enregistrer sa grand-mère, mis bout à bout les dix-sept lettres que son arrière-grand-mère Justine lui a adressées, elle partira sur les traces de Leo Minelli et de ses fils, ira dans les maquis où les parents et le frère de Justine ont été assassinés, à Grenoble, où Justine a entamé des études de physique jamais achevées et à Aix-les-Bains où Blanche a effectué ses premiers pas. Elle consultera les archives nationales, celles de la société nationale des chemins de fer et de la police des étrangers sous l'Occupation, contactera les centaines d'organisations qui se sont attachées à faire la lumière sur les arrestations et les déportations entre 1939 et 1944. Il est fort probable que ses investigations la conduisent dans plusieurs pays, peut-être même sur plusieurs continents et secrètement, elle l'espère. Pour l'instant, elle ne fait encore que traverser en pensée l'ancienne gare de Grenoble (rasée en 1968 en préalable des Jeux olympiques d'hiver), se mêle à la foule, se faufile entre les uniformes, respire l'atmosphère délétère de l'Occupation, avance tête baissée, croise des soldats, passe devant un couple de parents et leurs trois enfants pris en étau par des policiers, entend les ordres, le bruit métallique des armes, les protestations, l'arbitraire, les pleurs, les supplications, monte à bord du train dans lequel est montée son arrière-grand-mère huit décennies plus tôt, prend place dans le compartiment, adresse un signe de tête aux passagers, reconnaît les deux gourgandines distribuant des sourires aux soldats italiens sur le quai. Le voyage sera long, elle le sait.

– Et toi, mamy, tu n'as jamais voulu savoir qui étaient tes parents biologiques et dans quelles circonstances ils t'avaient abandonnée ?

– J'ai grandi auprès d'une mère d'adoption remarquable. J'ai compris très tôt qu'elle n'était pas ma maman. Je crois qu'elle n'a jamais cessé de vouloir me le dire. Elle se sentait coupable de m'avoir confisquée à des inconnus. Il ne lui suffisait pas de m'avoir sauvé la vie. Elle aurait voulu aussi retrouver mes parents mais ne s'en sentait pas la force. Elle avait une façon très spéciale de s'adresser à moi, comme si elle ne se considérait pas légitime de me transmettre ce qu'elle savait. Elle faisait passer le livre des possibles avant elle, m'en lisait de longs extraits chaque matin et chaque soir et le replaçait toujours sous mon oreiller. « Ne fais pas attention à moi, ne t'occupe que du livre », disaient ses yeux remplis d'amour et de désolation. L'odeur poivrée du livre me mettait en extase, comme la nuque d'un père ou l'aisselle d'une mère. Je dormais la joue collée à la taie et me réveillais le visage lacéré de longues marques. Mon cerveau d'enfant se figurait que mon vrai papa et ma vraie maman habitaient dans ce livre, et c'était drôlement bien. Les autres parents, je les trouvais barbants, tout le temps à répéter les mêmes choses, fais pas ci, fais pas ça, tiens-toi droite, tu manges trop, termine ton assiette, enlève les doigts de ton nez, mets la main devant ta bouche, pas les coudes sur la table... Désespérants ! Mais ce livre ! Quel oxygène ! Quelle leçon de liberté ! Quand j'éprouvais le besoin de me confier, c'était au livre que je m'adressais. Au début, les objets sont de véritables personnes, on se fâche avec ses poupées, on offre la moitié de son pain à sa fourchette, on demande à l'autobus de rouler plus vite, au toboggan de glisser mieux, à la balançoire de nous propulser dans les nuages. Avec l'âge, cette croyance disparaît, le cerveau apprend à faire la différence entre l'animé et l'inanimé, le vivant et la matière, les personnes et les personnages. J'étais une enfant intelligente, je savais parfaitement ce qu'il en était, mais, d'un autre côté, avec le livre, je tenais des parents absolument fantastiques. Quand ce genre de parents vous arrive, vous ne les abandonnez pas. En grandissant, j'ai découvert d'autres livres à la bibliothèque et leur importance n'a cessé de se confirmer. Les livres sont devenus ma famille, une famille extensible à l'infini. Jean a contracté le virus, a repris le flambeau. Ensuite, tu es née. J'ai su immédiatement que tu étais celle qui assurerait la relève, tu faisais preuve d'une telle gourmandise. De quoi parlions-nous ?

Une coupure de presse s'est échappée de la pile des documents rassemblés sur la table du jardin, parue durant l'été 1947 dans le *Dauphiné Libéré* : un appel à témoins relatif à la disparition d'un bébé dont la date correspond à celle où Justine a trouvé Blanche dans son landau sur la ligne Grenoble-Annecy. Une photo a été découpée à même l'article, sur laquelle apparaissait le bébé à en juger par sa légende : *Tout renseignement relatif à l'adorable Rosemarie, Lucienne, Claude Thomassin, qui doit être à ce jour une adorable fillette de cinq ans, sera dédommagé à la mesure de son geste.* L'article ne précise pas ce qu'il est advenu de la maman.

Léa rassemble les documents, articles de journaux, cartes d'identité (certaines avec des noms d'emprunt), carnets de santé, actes de naissance, de mariage, de divorce, de décès, titres de propriété, honneurs militaires, bulletins scolaires, diplômes et brevets, fiches de paie, extraits de comptes bancaires, photos en noir en blanc, en couleurs, diapositives, polaroïds, courrier administratif et correspondance personnelle, agendas annuels et répertoires téléphoniques.

– Et le livre, mamy, je le remets sous ton oreiller ?

– Pour quoi faire ? Il est à vous maintenant. J'ai fait mon temps. Là où je vais, c'est-à-dire nulle part, je te garantis que personne ne lit. J'emporterai quelques chroniques de ton père. Pour le reste, je préfère voyager léger.

Émile dort, recroquevillé dans un lit devenu trop grand. Il semble respirer Blanche dans son sommeil. C'est encore un bel homme, ses cheveux sont abondants, ses traits sont réguliers. De son corps émane une odeur légèrement sucrée. Alice est tentée de se blottir contre lui, de récolter ses humeurs, de faire comme si Jean était là, couché dans ce lit. De dos, ils se ressemblent. Elle chasse cette idée, se rend dans la salle de bains et lui fait couler un bain. Elle règle la température de l'eau, jette une poignée de cristaux parfumés dans la baignoire, s'efforce d'offrir à cette séance de toilettage incongrue l'apparence de la normalité. Lorsqu'elle retourne dans la chambre, Émile se tient en position assise. Sur son visage, les bénéfices de la nuit sont à peine visibles.

– C'est quoi, cette puanteur ?

– Des cristaux de lavande.

– Vire-moi cette saloperie.

– C'est du savon.

– Pour les pédés.

– N'essayez pas de vous rendre plus antipathique que vous ne l'êtes, ça ne marche pas avec moi.

– Je suis propre.

– Un bain chaud va vous détendre.

– Je suis détendu.

Elle finit par obtenir gain de cause, hisse son beau-père dans la baignoire, contemple la cicatrice dans son dos, admire ses demi-lunes pâles et sans plis, ne peut éluder sa verge violacée. Elle paraît deux fois plus grande une fois sous l'eau. Elle enfile un gant de toilette, se concentre sur sa mission, s'applique, frictionne la poitrine, rudoie la peau par moments. Ses yeux à lui fouillent les motifs floraux du carrelage en quête d'une explication sur la terrifiante brièveté de la vie. Ce regard stupéfait, ces mains nerveuses qui cherchent à s'envoler loin du corps, c'est encore Jean. Elle passe le gant dans le cou de son beau-père. En prenant soin d'un Jean octogénaire, elle éprouve à nouveau cette attirance qui lui crie de se baigner avec lui, de s'échouer en lui.

– J'ai froid, proteste-t-il.

Elle règle la température, agite une main à la surface de

l'eau, ravive la mousse, demande à Émile de se tourner. Avec une infinie délicatesse, elle passe son gant entre les omoplates, la partie du dos qu'elle préfère.

– Dis-moi, Alice, t'es au courant pour le p'tit ?

– Au courant de quoi ?

– Il est pédé.

– Ce que Sasha est ou n'est pas, j'en fais mon affaire. Pourquoi faut-il toujours que vous soyez odieux ?

– Vous, les Parisiens, vous débarquez avec vos grandes idées, vous nous expliquez comment éduquer nos gosses mais vous savez que dalle. Ma mère est morte quand j'avais un an. D'après Solange, j'étais doux comme un agneau. Toute mon enfance, j'ai essayé de comprendre pourquoi on me hurlait dessus. C'en a été au point où j'ai pensé me foutre en l'air. Mes frères m'en ont fait voir des vertes et des pas mûres. La seule à me protéger, c'était Solange. Alors, sois gentille, ne viens pas m'expliquer la vie. Je cesserai d'être odieux quand je l'aurai décidé.

– Jean m'a un peu expliqué.

– Il t'a *un peu* expliqué ?

– Levez-vous, Émile, je vais vous sécher.

– Le p'tit a des ennuis.

– Pourquoi dites-vous ça ?

– On ne trompe pas un vieux pirate.

– Il a eu des ennuis, c'est vrai, mais tout devrait rentrer dans l'ordre.

– Tant mieux. J'adore ce môme. Je me fais du souci pour lui.

– Je suis heureuse que vous le preniez de cette façon. Vous devriez lui parler, lui dire que vous l'aimez, je pense qu'il va tomber des nues.

Le gant de toilette flotte dans une eau à présent sans mousse. Alice aide Émile à s'extraire de la baignoire. *Coïtus narrativus interruptus.*

Il est 14 heures et Sasha ouvre enfin les yeux. À sa façon, il a toujours été ponctuel. Toute la maison s'y est mise, à ranger, nettoyer. Dans le monde promis à Sasha, les problèmes de rangement n'existeront plus, les meubles seront virtuels, interactifs, polymorphes et nanorétractables. Les maisons seront nomades et aussi légères qu'une clé USB.

En sortant de sa chambre, il se cogne contre une femme en tailleur, un dossier à la main, une voix de crécelle, un parfum volontaire d'entrepreneuse spécialisée dans la prise en charge des seniors. Elle dessine des petites croix sur un formulaire, note la présence d'un jeune homme entièrement nu à la plastique irréprochable.

– Sasha, va t'habiller s'il te plaît, l'enjoint sa mère.

Il opère un demi-tour, enfile un pantalon, savoure le contact du lin contre son sexe dénudé, heureux que cette journée ait débuté par un numéro de chippendale. Il slalome entre les objets, dévale les escaliers et manque se vautrer sur les tomettes brûlantes de cette mi-journée. Il va filer à l'anglaise, se lancer à la poursuite de l'ange bleu entraperçu hier sur la terrasse de l'Impérial Palace pendant qu'il dégustait une glace en compagnie de sa délicieuse grand-mère. À une table voisine, un garçon lisait une partition. Ses cheveux bleu de méthylène tranchaient avec le blanc cassé général. Sous une fine veste en soie, un débardeur à mailles larges retenait en captivité un dragon tatoué. Leurs regards se sont télescopés. Le ciel s'est déchiré comme une *piñata*, libérant des milliards d'émoticônes en forme de spermatozoïdes. Puis le garçon est retourné à sa partition, ses doigts ont pianoté une mélodie silencieuse sur la nappe. Sasha s'est senti aussi puceau que Jeanne d'Arc.

Il est sur le point de quitter la maison quand une voix le rattrape.

– Sasha ? C'est toi ? demande Émile qui venait de s'endormir devant la guerre en Ukraine.

En dépit de la prudence que lui inspirent les opinions de son grand-père, Sasha éprouve une profonde affection pour lui. Le fossé idéologique est si vaste qu'il s'annule.

– Alors, on ne dit plus bonjour à son papy ? Je suis trop con, c'est ça ?

– T'es dans la moyenne.

– Là, je retrouve mon Sasha ! Viens t'asseoir une minute !

– J'peux pas.

– Une minute, c'est trop te demander ?

– J'peux pas, je t'assure.

– T'as un rencard ?

– Ouais. Genre.

– T'as raison, c'est pas mes oignons ! De quoi tu veux parler alors ? Elle est brune ? Blonde ?

– Bleu.

– Bleu, t'es sûr ?

– Laisse tomber, papy, tu comprendrais pas.

– Je suis peut-être con mais pas aveugle. Moi aussi, je regarde les shows télévisés avec des hommes qui se déguisent en bonnes femmes. J'aime bien.

Sasha commence à comprendre… le numéro de chippendale… le désordre dans le couloir… l'emmerdeuse en tailleur… et maintenant, le coming-out de son grand-père… il n'est pas réveillé.

– Pourquoi tu t'habilles comme un pédé, fiston ?

– Sérieux, papy ? T'as vraiment dit ça ?

– De mon temps, c'est comme ça qu'on disait. La différence entre toi et moi, c'est que tu as le droit de vivre comme tu l'entends maintenant que les pédés sont devenus des êtres humains à part entière.

Sasha aimerait revenir brièvement sur le langage ordurier de son grand-père mais l'ange bleu l'attend.

– … J'ai eu un bon camarade au pensionnat, un garçon

de Faverges, il se parfumait avec l'eau de toilette de sa mère. Un jour, ils l'ont coincé dans les douches et l'ont aspergé de white-spirit. Ils ont fait craquer une allumette et son dos a pris feu. Ils n'ont pas été renvoyés, c'est lui qui est parti. Je ne l'ai jamais revu. Si ça se trouve, il est mort. Je n'aimerais pas qu'il t'arrive ce genre de bricole, tu comprends ? Moi, ce qui m'embêterait, c'est que des connards s'en prennent à mon petit-fils. Aimer les bonnes femmes ou les bonshommes, c'est pas le problème. S'habiller en pédé, ça oui, ça peut t'attirer des ennuis. Rassure-moi, fiston, t'as pas l'intention de te faire ratiboiser les couilles ?

– Papy, il faut vraiment que j'y aille.

– C'est ça, casse-toi.

Sasha sort dans la fournaise de juillet. Son sang est douloureux. Il pense à tous les garçons qu'il a désirés. Il part à la rencontre de l'ange bleu.

- 17 -

La première chose qui frappe en entrant, c'est le vide. Le mobilier a disparu. Le chat a labouré le paillasson avant d'élire domicile chez la voisine. Les murs ont trouvé acquéreur et vingt ans de vie pavillonnaire seront bientôt engloutis sous la peinture et les enduits. Seuls, les livres de Jean résistent, banquise de papier en prise avec le changement technologique.

L'acheteur a immédiatement été conquis par cette bibliothèque répartie sur deux étages et se ramifiant jusqu'aux combles et aux caves comme un arbre qui ne cesse de pousser. L'acheteur a passé en revue des centaines de titres, s'est dit ému par l'incroyable travail d'accumulation du précédent propriétaire : 28.000 livres, tout de même. Impressionnant. Ils ont été le véritable déclencheur de son acquisition immobilière, masquant l'état déplorable des murs et des cymaises, prévalant sur l'obsolescence des radiateurs, les avaries du toit et les inondations chroniques des caves. Malheureusement, il ne pourra les conserver. À la place des quatre-vingt-deux volumes de la *Comédie humaine* de Jean Favre, il souhaite installer les quatre-vingt-deux volumes qu'il possède. En ce qui concerne la littérature contemporaine, il a bien réfléchi et préfère également remplacer les Ryū Murakami de Jean Favre par ses Ryū Murakami, et ainsi de suite.

Un compromis de vente a été signé. Alice dispose de trois mois pour offrir aux livres de Jean un sort acceptable. Elle a contacté la Bibliothèque François Mitterrand, a convoité pour lui un enterrement de première classe. Malheureusement, avec tout le respect que l'on doit à... pouvez-vous me répéter son nom ? Jean Favre, c'est cela, on ne peut affirmer qu'il ait significativement marqué son époque. Il a été au mieux un lecteur attentif, un passeur scrupuleux, un chroniqueur méritant. S'il fallait héberger tous les lecteurs attentifs à la Bibliothèque nationale, une ville entière ne suffirait pas. Mais qu'Alice se rassure, les marginalia laissés par son mari intéresseront sûrement une faculté universitaire.

Alice a aussitôt contacté l'université de Nanterre située à trois kilomètres de la maison. L'empreinte écologique lui semblait raisonnable. Encore aurait-il fallu que l'université fût en mesure d'accueillir un tel don. Les budgets alloués fondent comme neige au soleil. On manque d'enseignants, d'espace, de moyens pour la recherche, lui arrive-t-il de lire les journaux ? Quoi qu'il en soit, merci pour son soutien.

Elle a cherché du côté des librairies de seconde main. Intrigué par le nombre, le patron d'une grande librairie a accepté de se déplacer. Il a feuilleté un premier lot, a découvert la profusion d'annotations et de pliages barbares laissés par le propriétaire et déclaré les livres invendables tout en proposant à Alice de l'en débarrasser. À ce compte-là, Alice a préféré les proposer gracieusement à la bibliothèque municipale. Mais c'était une fois encore sans compter les tristes limites volumétriques de la réalité. Nous sommes une bibliothèque, madame, pas une décharge. Vous pourriez les vendre en ligne, par lots ou à la pièce. Sur internet, il se vend à peu près n'importe quoi. L'autre jour, j'ai vendu une corbeille de fruits en caoutchouc, j'en ai tiré quinze euros.

À présent, telle une ourse qui refuse d'abandonner son habitat naturel, elle arpente cette banquise de papier peuplée de grands esprits. Le plus inabouti des romans mérite-t-il de finir dans une déchetterie ? Ne serions-nous pas mieux avisés de les stocker dans des abris antinucléaires ou de les envoyer dans l'espace ? Madame, personne ne vous empêche de les envoyer dans l'espace, lui a répondu la directrice de l'ancien collège de Sasha.

En dernier recours, elle pourrait appeler Max, le chef déco avec qui elle a tourné la plupart des films ces dernières années. Il mettrait provisoirement les livres dans le hangar où il stocke ses décors en Plaine Saint-Denis. Mais elle chasse cette idée qui n'est en réalité qu'une façon de différer le problème.

Elle pioche un livre au hasard, l'ouvre et lit les premiers mots qui se présentent à elle : *J'aimerais autant que mes livres pourrissent en même temps que moi. Pourquoi voudrais-tu qu'ils me survivent ?* (*Mao II*, Don Delillo, page 154). Elle referme l'ouvrage, stupéfaite, cherche Jean dans l'invisibilité. Elle est arrachée à sa sidération par le bourdonnement de son téléphone.

– Madame Favre ? Madame Sully, la directrice de l'ancien collège de Sasha. Nous avons réfléchi à votre proposition. Nous avons peut-être une solution. Nous cherchons des locaux à loyer modéré en dehors du collège. Nous voulons créer un espace dédié à l'écriture, organiser des ateliers pour les élèves mais aussi leurs parents et les habitants du quartier d'une façon plus large. Seriez-vous prête à nous louer votre maison avec les livres dedans ? Vous ne devez pas nous répondre tout de suite. Réfléchissez-y tranquillement. »

Elle retente l'expérience, pioche un livre, s'en remet au hasard et tombe sur ceci : *Choses que, de temps à autre, on devrait faire systématiquement. Dans un immeuble où l'on habite : aller voir ses voisins ; regarder ce qu'il y a, par exemple, sur le mur qui nous est commun*… (Georges Perec, *Œuvres I. Espèces d'espaces. L'immeuble*, La Pléiade, page 593). Comment douter après ça ? Comment ignorer plus longtemps que les livres communiquent entre eux et avec nous ?

Elle appelle l'agent immobilier, lui dit que la maison n'est plus à vendre. L'acquéreur sera indemnisé selon les modalités d'usage. Non, inutile d'insister, elle ne reviendra pas sur sa décision.

DU MÊME AUTEUR

- *La tentation du pont*, Genèse Édition, 2011
- *Bienvenue en Norlande*, Genèse Édition, 2012
- *Voyage de noces avec ma mère*, Calmann-Lévy, 2015
- *La ballerine aux gros seins*, Arthaud (Flammarion), 2018
- *Même pas mort !*, Genèse Édition, 2022

PARUS DANS LA MÊME COLLECTION

- *Réparer nos silences*, Dominique Van Cotthem, 2023
- *Clandestine*, Alain Berenbom, 2023
- *Un fleuve au galop*, Alex Lorette, 2023
- *Les oiseaux n'ont pas le vertige*, Daniel Charneux, 2022
- *Adèle*, Dominique Van Cotthem, 2022
- *Crime d'initiés*, Michel Claise, 2021
- *Nos âmes sœurs*, Patricia Hespel, 2021
- *Boule de Juif*, Foulek Ringelheim, 2021
- *Les mardis d'Averell Dubois*, Frank Andriat, 2020
- *Le moulin des secrets*, Gilles Laporte, 2020
- *Le rêve de Harry*, Alain Berenboom, 2020
- *La dernière maille*, Patricia Hespel, 2020
- *Sans destination finale*, Michel Claise, 2019
- *De l'autre côté des flammes,* Sophie Dumont, 2019
- *Les sœurs De Vlaeminck*, Joan Condijts, 2018
- *La petite voleuse de perles*, Michèle Plomer, 2018
- *Le mauvais rôle*, Jean-Baptiste Baronian, 2017
- *Hong Kong Blues*, Alain Berenboom, 2017
- *Je sais que tu m'attends*, Gilles Laporte, 2014
- *Boulevard des Pyrénées*, Gilles Laporte, 2015
- *L'homme qui ne voulait plus être roi*, Joan Condijts, 2014
- *Monsieur Optimiste*, Alain Berenboom, 2013

© Genèse Édition 2025
D/2025/12.107/131
Dépôt légal : janvier 2025
ISBN : 978-2-3820104-26

www.genese-edition.eu
72, rue Vaneau – 75007 Paris
92, rue Saint-Bernard – 1060 Bruxelles

Photo de couverture © VC Ferry

Achevé d'imprimer en novembre 2024
sur les presses de la Nouvelle Imprimerie Laballery – 58500 Clamecy
N° d'impression : 411363
Imprimé en France

La Nouvelle Imprimerie Laballery est titulaire de la marque Imprim'Vert®